문학과지성 시인선 **491**

뜻밖의 바닐라

이혜미 시집

문학과지성사

문학과지성사에서 펴낸 이혜미의 시집

빛의 자격을 얻어(2021)

문학과지성 시인선 491

뜻밖의 바닐라

초판 1쇄 발행 2016년 10월 20일
초판 9쇄 발행 2023년 4월 26일

지 은 이 이혜미
펴 낸 이 이광호
펴 낸 곳 ㈜文學과知性社

등록번호 제1993-000098호
주   소 04034 서울 마포구 잔다리로7길 18(서교동 377-20)
전   화 02)338-7224
팩   스 02)323-4180(편집) 02)338-7221(영업)
전자우편 moonji@moonji.com
홈페이지 www.moonji.com

© 이혜미, 2016. Printed in Seoul, Korea

ISBN 978-89-320-2912-2 03810

지은이는 2016년 경기문화재단 전문예술창작지원사업 기금을 수혜했습니다.

이 도서의 국립중앙도서관 출판예정도서목록(CIP)은 서지정보유통지원시스템 홈페이지
(http://seoji.nl.go.kr)와 국가자료공동목록시스템(http://www.nl.go.kr/kolisnet)에서
이용하실 수 있습니다. (CIP제어번호: CIP2016024215)

문학과지성 시인선 491

뜻밖의 바닐라

이혜미

시인의 말

관계가 깊어지는 결정적 순간에는
언제나 액체의 교환이 있다.
글자들이 헤엄치는 어항을 들고
2인칭의 세계로 들어선다.

2016년 가을
이혜미

뜻밖의 바닐라

차례

시인의 말

1부

비파나무가 켜지는 여름

비파가 오면 손깍지를 끼고 걷자. 손가락 사이마다 배어드는 젖은 나무들. 우리가 가진 노랑을 다해 뒤섞인 가지들이 될 때, 맞붙은 손은 세계의 찢어진 안쪽이 된다. 열매를 깨뜨려 다른 살을 적시면 하나의 나무가 시작된다고. 그건 서로 손금을 겹쳐본 사람들이 같은 꿈속을 여행하는 이유.

길게 뻗은 팔이 서서히 기울면 우리는 겉껍질을 부비며 공기 속으로 퍼지는 여름을 맡지. 나무 사이마다 환하게 떠오르는 진동들. 출렁이는 액과를 열어 무수히 흰 종들이 부딪히는 소리를 들어봐. 잎사귀들이 새로 돋은 앞니로 허공을 깨무는 동안.

우리는 방금 돋아난 현악기가 되어 온통 곁을 비워간다. 갈라진 손가락이 비로소 세계를 만지듯이 나무가 가지 사이를 비워내는 결심. 서로가 가진 뼈를 다해 하나의 겹쳐진 씨앗을 이룰 때, 빛나는 노랑 속으로 우리가 맡겨둔 계절이 도착하는 소리.

도착하는 빛

눈을 뜨자 빛들이 태어났다

간밤에 그림자를 놓아두고 떠난 이가 창밖에 서렸다 얽혔던 꿈의 다발들을 풀어놓으면 회오리로 잦아드는 밤, 사람을 향해 출발했던 빛점들이 아직 먼 광년을 헤매는지

도달할 행성의 예감으로 눈빛은 진동한다 속눈썹을 타고 길게 날아오르는 빛의 무리들이 정처를 만날 때 풍경이 탄생한다 어둠 속에서 문득

솟구치는 마음처럼

그늘을 품었던 방을 뒤집어 환한 구(球)를 얻으면 흔적으로만 도달할 수 있는 세계도 있었지 잠든 눈가에 진창이 고이듯, 당겨진 눈시울에 먼 빛이 와서 일렁이듯

사라져 더욱 선명해지는 빛들도 있겠지, 물기 어
린 행성을 잘 씻어 볕 드는 창가에 놓아두면 감은 두
눈 위로 일렁이던 사람의 윤곽

숨의 세계

잠든 이의 코에 손을 대어본 사람은
영혼을 믿는 자다 깊은 밤,
숨은 수풀을 지나 진창에 흐르고
깊이 젖어 고단한 채 돌아온다

녹기 시작한 발자국을 따라가듯
먼저 잠든 이의 숨에 입김을 잇대어
호흡의 빛살을 엮으면

안쪽은 불타는 숲
바깥은 휘도는 눈보라

사이를
숨은 새처럼 날아간다
문득, 다른 궤도로 진입하는 행성처럼

안겨 잠든 새벽에만 들리는 소리가 있어
하나의 겁불이 흰 들판으로

순하게 내려앉는 소리
젖은 귀를 어루만지는
외바퀴 소리

가볍고 약하고 투명하게
매 순간 새로 태어나는 심연을 바라보며

그 속에서 얼굴을 지운다
뒤섞여 드리우는
점차 짙어지며 스며드는
공기의 매듭들

다이버

머리를 누르는 손에 대해 이야기한 적 있지. 육중한 물의 몸, 고요한 심해의 눈빛. 눈길 닿는 곳마다 분연히 어둠을 뿜어내는, 먼 먼 바다의 바닥.

바다는 바닥도 물의 입체도 아니었지. 다만 땅의 천장, 전구를 갈기 위해 길게 뻗은 손처럼 우리는 나란히 몸을 세우고 가장 어둡다는 빛을 찾으러 갔었다.

가득히 입을 벌려 아직 남은 대기와 키스해. 오직 키스로만 인간은 말을 잊는다. 말을 버리고 입속의 심해로 잠수해 들어가…… 그건 사람의 천장이거나 낮의 바다. 지구가 껴입은 빛나는 외투의 안감.

몸속의 공기 방울들이 급격히 팽창하고 안팎이 서로를 침범하는 자리에 대하여. 사람의 몸이 견뎌내야 하는 색(色)과 압(壓)의 연합군에 대하여.

이야기한 적 있지. 우리는 낯선 수면으로 떠올라. 그건 오래 길러온 몸속 바다를 뒤집어 서로에게 내어주는 일이었다고.

바난Banan

바난, 두 손을 모아 쥐는 감촉으로

뭉개진 주문들이 밀려와 입술을 열었다 버려진 무
덤에서 부드러운 줄기들 솟아오를 때 흙 속에 손을
묻고 손목까지 검게 물들어갈 때 얼룩진 손가락들은
몸의 구석진 곳으로 파고든다 기도의 행방은 손의
방향이 결정하며 진정한 간구는 손의 어둠을 메우는
비밀의 문틈이니

낯선 향을 쏟아내던 이국의 과실들은 어디로 사라
졌나 연인의 잘린 손을 땅에 묻으며 하나의 종(種)을
탄생시킨 기도는

바난, 움켜쥔 손 사이로 새어 나오는 심장을 들으
며, 검게 삭아드는 손가락을 하나하나 떼어내면 사
람을 심어둔 화분에서도 작고 무른 뼈가 돋는지 사
라진 과육 속으로 떠오르는 이 유순한 악수의 감각

세노테

입을 벌리자 천장이 낮아졌어. 물줄기들이 일제히 솟구치고 바닥엔 빛나는 터널이 생겼지. 어디로 사라졌을까, 흐리고 불분명한 것들이 수면을 메웠어.

달의 표면을 손으로 쓸다가 어지러운 꽃 속을 들여다보면 두렵고 빼곡한 몸의 중심, 하나의 점을 향해 모아지는 빛들 속이었어. 일렁이는 바닥을 향해 쏟아지는 흰 화살들.

그걸 날개라 불러도 좋을까. 추락하는 도중에 급히 쓴 편지들, 찢어진 봉투의 속지, 시간은 바닥 없는 노래 속으로 빨려 들어가고 인사는 가장 어두운 뒷모습이었지. 그걸 어둠을 반사하는 구멍이라 불러도 좋을까. 달을 길어 올리는 우물이라 불러도 좋을까.

파쇄기 속에 길게 누워 다른 빛을 기다릴 때, 몸을 통과하여 흐르는 물줄기를 느꼈어. 달을 향해 흐르는 강이었고 뒤집혀 환해진 무덤 속이었지.

극야

    종지기는 밤에 떠나갔다 안팎의 문을 걸어 닫고
혼잣말을 건넬 때 어른거리던 창문에 먼 모닥불이
비쳤다 없었으면 몰랐을, 깊은 겨울이 그제야 시작
되었다

    금목서 가지를 꺾어 태우고 향풀을 어루만지던 손
으로 불에 물든 장작을 헤집었는가, 연기와 향내가
강 건너까지 자욱하다 누구인가 저 닿지 않는 곳에
서도 나의 눈썹을 온통 잔설로 물들이는 이는

    얼어붙은 손가락으로 성냥을 켜며 크리스마스를
약속하던 붉은 술을 생각한다 아득히 들려오던 소리
들이 있었지 매시간 창을 열고 도망하는 새들을 부르
던, 없는 품에 안겨 타오르는 나무들의 입김을 맡던

    저 너머에 모닥불이 있었다 찾으러 떠나기엔 멀고
바라보자니 추운

입속에 깨진 눈송이들 서걱인다 검은 뼈들을 창밖
으로 던지며 나는 중얼거린다 어둠 속이었다면 몰랐
을, 머무르다 저무는 것들의 행려를 다해, 깨진 종을
안고 비틀비틀 사라진 이, 멀리까지 소리를 듣고 걸
어오느라 작은 주머니 같은 두 귓속으로 아주 들어
가버린

　나의 귀머거리여, 사라지는 불빛에 눈과 입술을
데일 때, 부서질 종도 종지기도 없이 종소리만 날카
롭게 살얼음 하늘을 찢어놓았지

딸기잼이 있던 찬장

발끝을 힘껏 들고 높은 곳을 더듬어 충분히 붉은 것들을 맛보았어. 입가를 온통 물들인 채 한 쌍의 유두가 된 기분으로.

언니, 우린 분명 교묘히 어긋난 한 사람일 거야. 딸기의 어수선한 초록 왕관을 쓰고 이불 속에서 첫 몽정을 말하던 아침. 땀구멍마다 질긴 씨를 하나씩 슬어놓으며 우리는 함부로 은밀해지고 조금씩 말랑해졌지. 반투명 젤리 속 일렁이는 둘만의 왕국에서.

나에게 여분의 계절이 있다면, 부리가 사라지려는 새처럼 서둘러 속된 말들을 속삭이고 썩기 직전의 가장 달콤한 노래를 언니에게 선물했을 텐데. 분홍만으로 이루어진 무지개를 뭉개고 죄의식의 묘한 기쁨으로 아침의 올빼미를 불러올 텐데.

손가락 사이로 달고 끈적한 것들이 흘러내릴 때, 감춰야 할 것이 늘어버린 마음으로. 한 개의 입술이 더 있었다면, 한 쌍의 얇은 점막이 더 있었다면, 뒤섞이며 짙어지는 맛들에 대해 함께 이야기할 수 있었을 텐데.

오늘은 그저 길게 두 팔을 벌리고 옛 붉음을 겪었지. 우리가 아직 숨겨진 단것을 사랑하던 그때.

앵속의 여름

묽고 흰 진액을 흘리며 화단에 발목을 묻었지 무
수히 씨앗들 흩뿌려지고 덜 여문 봉오리들 제 속에
갇혀 곪아갔다 흐르는 뿌리, 썩어가는 숙근을 열어
잠의 액체를 꺼내면 날카로운 털들이 안을 향해 파
고들어왔다

헛것이었나 그 모든 것들 뒤척여 다른 몸을 부르
던, 독한 술에 끝내 쓰러지며 뒤섞인 뜨거운 이들,
서로를 마주 보며

부끄러워
무너지던 얼굴
삭과가 되어 떨어지는
눈동자들

꽃 필 것이 두려워 홍건한 진액을 삼킬 때 사람의
눈은 열매 맺지 못한 채 썩어가는가 입을 벌리면 드
러난 혀가 겹꽃으로 얼룩졌다 부끄러워 부끄러워 취

한 꽃대들 일렁이며 내장을 토해내는 기형의 계절

발목을 열어 뜨거운 씨앗을 심어두던 화단 속이었다

노크하는 물방울

똑
똑

  사람을 부르는 소리다 귓가를 원하는 마음이다 그
런 적이 있었지 소리만으로 다정한 이를 부르던, 톡
하고 부드럽게 이마를 치면 감았던 눈을 뜨고 올려
다보는

  눈동자

  손을 담그면 따듯하게 젖어드는
  두 개의 구멍 속

  그런 적이 있었지 서로의 액체가 되어 헤엄치던
  완벽하게 밀폐된 방을 사랑하던

  눈을 깜빡일 때마다 노크 소리가 난다

나는 바라본다 초점을 흐리며 몇 겹으로 다시 태
어나도록

　네가 후— 바람을 불어넣자
　열린 문 틈으로부터 여름이 시작되었다

엘보

몸의 모서리에만 깃드는 악천후다 번져가는 숲속
으로 새 떼들이 몰려들면 가장 멀리 보낼 것일수록
깊이 당겨 안는 마음은 무엇일까 소용돌이치는 몸의
중력은 아직 품속에 있는데

접질린 팔의 바깥을 몸에서 빗겨난 마음이라 부
를 때

태풍의 이름들처럼 아름다운 꼬리표를 달고 치명
을 향해 가는 것들 기왕이면 아름답게 망하고 싶어
탁자에서 떨어지는 꽃병처럼 온몸의 관절을 모두 흩
뿌리며, 폭풍을 향해 가슴을 열고 흔들리는 유리창
이 될 때

파국을 기다리며 기후를 탕진하는 동안 몸 밖으로
투명한 통증이 뚝뚝 흘러내린다 익사한 식물의 발처
럼 검게 젖은 실타래를 풀고 또 풀면 마음을 멀리로
보내기 위해 한껏 휘감기던 피의 중심이 있다 떨리

는 활시위처럼 투수의 병든 어깨처럼

　팽팽히 시위를 걸어둔 입술이 찢기는 순간
　나무에게서 밀려난 숲이 되어 구석에게 내버려진
중심이 되어

　멀어진다
　사랑받았던 속도로 그만큼의 힘으로

개인적인 비

각자의 지붕 아래에서 맞닿았지. 품속의 작은 단도들이 차르르 부딪히는 소리가 들려. 세계의 그림자를 짚어내며 빛을 빚는 비. 맑은 촛불들을 곳곳에 사르며 사라지는 비.

비는 옮아가는 질병인가. 휘몰아치는 눈썹들인가. 갈피를 놓친 낱장들인가. 검은 반지를 깨뜨리고 빠져나오는 반투명의 손가락들. 오늘은 약속을 팽개친 손들이 아주 많아.

겹쳐지며 각자를 밀어내는 지붕 밑에서. 우산마다 소분(小分)하여 보관하던 하루치의 강수량을 꺼내 펼치면

그곳은 나의 영토이지 너의 시간이 아니야. 너의 다정, 너의 귀가, 너의 얼룩진 셔츠 소매 사이로 흘러나오는 희고 무른 손가락들.

우리는 아름답게 걷는다. 근사하지만 하나는 아니야. 우산이 언제나 비보다 느리듯 생각은 늘 피보다 느리고.

근사하다는 건 가깝다는 것. 나는 하얗고 너는 희다. 나는 혼자이고 너는 하나뿐이다. 비슷하지만 같은 건 아니야. 우리는 서로의 지붕에 지붕을 보태며 지속되는 빗속을 조금쯤 가깝게 걸어간다.

밀가루의 맛

얼음을 핥으며 오래 말을 아꼈지
케이크를 자르고 낮술을 마시던 창가에서

그 희고 연약한 윤곽을 망쳐놓으며
너는 없는 아름다움을 말했다
무심히 손을 휘저으며
미음과 리을 받침에 대해 이야기했지

나는 알곡처럼 선연하다 분명하여 부서지는 것들
에 대해
　같은 크기의 입자가 되어가는 것들에 대해

　왜 부서져 떠돌다 싫은 덩어리로 마무리되는 것
일까

　입으로 불어도 손으로 쓸어도 자국을 남기던 눈송
이들
　얼어붙은 잔설이 회색으로 얼룩진 그 창가에서

흰 가루라면 무엇이든 슬프던 계절이 지나간다

눈처럼 녹아 사라질 줄 알았는데
끈질기게 혀에 붙어 끈적이는
더럽고 슬프고 무거운

간절

동시에 포옹하는 두 손은 서로의 박자를 의심한다

팔의 안쪽을 견제하는 애무가 있었다 활강하는 손가락들의 춤, 솎아낸 그림자들이 무리 지어 흘러 간다

소교목을 오래 달여 몸의 가장 어두운 부분에 펴 바르면 뼈와 뼈 사이가 돌이킬 수 없이 수축한다 서 로의 감정을 흉내 내며 다른 가지를 내어놓던 그을 음의 날들

누가 너의 혀를 뽑고 그 자리에 유동하는 치어를 심어두었나 목소리를 섞으려 할 때마다 고백하지 못 한 질문들이 헤엄쳐 흘러나오는데

마른 강바닥을 핥는 물고기의 소리로 키스를 대 신하던 시절이었다 서로의 이물이 되어 계절을 착 취하던

잠든 물

많은 비가 쏟아져
곳곳에서 얼굴들이 깨어졌다

빗방울의 마음은 기체의 완성

우리는 마주 본다
노를 저어
배를 나아가게 하는 표정으로

검은 꽃들이 물 밑에 누워 있나
얼크러진 물속을 들여다보며
나는 얕아진다

자라나는 깊이 속에서
잎사귀를 펼쳐 올리는
꽃의 외연
찢긴 옷자락을 이끌며 걷는
무른 발자국

여름의 통로를 지나
물이 눕고
가장자리를 버릴 때

우리는
으깨지는 중인
입속의 말들을 바라본다

녹아내리는 것은 감정의 완성

컵을 들자 발밑으로
표정이 쏟아져 내렸다

좋은 위로에는 없는 관심이 필요한가요

붉음이 묽음이 되어가는 순간 묽음이 물음이 되
어가는 순간 모든 것이 하나의 묵음으로 희박해지는

시간

　그림자 없는 잎사귀들이 솟아오르면
　온몸이 부풀어 진물 흘리는
　영혼의 젖은 코트

　몸속에서 숨은 길들을 끌어올리는
　수면의 완성

2부

뜻밖의 바닐라

귓바퀴를 타고 부드럽게 미끄러졌지. 미묘한 요철을 따라 흐르는, 그런 혀끝의 바닐라.

수없이 많은 씨앗들을 그러모으며 가장 보편적인 표정을 지니려. 두근거리며 이국의 이름을 외웠지. 그건 달콤에 대한 첫번째 감각. 사라지는 것들에 대한 각별한 취향.

녹아내리는 손과 무릎이 있었지. 차갑고 뜨겁게 흐르는, 접촉이 서로를 빚어낼 때. 소리의 영토 안에서 나는 세로로 누운 꽃. 손끝에서 점차 태어나. 닿아 녹으며 섞이는, 품이라는 말.

그런 바닐라. 적당한 점도의 안구를 지니려. 모르는 사람을 나는 가장 사랑하지. 잃어버리는 순간 온전해지는 눈꺼풀이 있었다. 순한 촉수를 흔들며 미끄러지다 흠뻑 쓰러지는.

노팬티

사소한 약속들을 그러쥐느라 잎사귀를 놓쳤다

난간이 놓친 빨랫감들 도처에서 얼룩지며 펄럭였지
빨아 널어두어도 금세 더러워지는 꽃잎들

어떻게 팬티 한 장 없이 이 봄을 건너나,
입술로 체온을 더하고
손끝마다 일렁이는 초록을 내어주면
그 얇고 허망한 직물을 엮어 속옷을 짓던 손이 있
었다

옅은 바람에도 온몸을 뒤집어엎는
봄이라는 계절의 안감

속옷이 필요 없는 계절이었지
혼자만의 혁명을 저지르는 왕국에서
떠나는 요일들 투명해지는 발자국들
취한 눈으로 사랑과 거부를 동시에 말할 때

벗은 종아리가 수치로 떨렸다

우리는 꽃그릇에 손을 담근 채 증발하는 자
치마를 까뒤집던 꽃들이
태양의 먼 어깨 위로 투신한다
나무들이 입던 속옷을 벗어 깃발처럼 흔드는 정원
에서

오를라와의 전희

성냥을 주오.
순간을 계속해서 타오르는 분절(分節)로 명하고
드리워진 오를라여.

깨어지기 쉬운 이름을 가져
나는 그대의 시선이 위태롭다.

맞이하게 될 긴 밤을 예감할 때
놓아두시오, 블랑슈*
오늘에서야 완전해진 여인이오.

그녀에게 길고 단단한 빵과
유동하는 몰약을 먹이시게.

오를라, 그대는 나에게 부딪히네.
입술과 얼굴을 버리며
몸을 돌려 나의 뒷모습을 바라보지.

함께 잠든 밤 창밖의 실편백나무 숲으로
외다리 병사들이 몰려가는 것을 보았소.
아직 더 잃어버릴 것이 있다는 듯.

극렬한 고통이 지나간 몸은
아름다운 파지들로 가득하다오.

옆자리를 더듬어 찾았을 때
흰 삼베 손수건은 이미 떠나갔네.
안녕, 안녕, 내 손끝에서.

* 모파상의 주치의.

탑 속에서

잠에서 깨어나 끝없는 계단을 내려왔다. 등불을
버리고 발꿈치를 붉게 적셔가며 나선형의 계단을 돌
고 돌았는데…… 계단은 다시 시작되고 훔쳐온 금종
(金鐘)이 점점 무거워졌다

지나치게 많은 빛을 선물 받는다면 곧 얼룩 속에
들겠지 돌벽에 귀를 대고 먼 새들을 부르면 나무들
이 온몸의 절망을 다하여 팔을 벌린다 어째서 나는
이 부재 속에 있는가 잠든 이는 아직 소용돌이치는
탑 꼭대기에 있는데

훔쳐온 어둠을 동공에 담고 몸속으로 한없이 수족
을 말아 넣으면 멀리에 심어둔 눈썹에 볕이 닿는 것
같다 올라가는 계단만이 이어지는 새로운 탑 속에
들어선 것 같다

깃털을 뽑아 쓰고 싶은 것들을 모두 적는다면 곧
날개를 잃고 낙서들 위에 쓰러져 죽겠지 소리를 엇

고 빛을 내어준 종탑의 짐승이 되어 나는 거대하게
자라난 종을 울린다 손가락이 바스러질 때까지 얼굴
이 소리가 될 때까지 종에서 쏟아진 것들이 탑을 흔
들다 이내 무너뜨릴 때까지

피의 절반

갈라지며 붉어지는 강을 보았지

첫번째 열쇠로 몸을 잠그고
두번째 열쇠로 피의 수문을 열 때

저녁의 벌어진 틈으로 꽃들이 철철 흐르고
겹쳐지며 사라지는 이상한 왕국이 생겨났다

몸을 뚫고 솟아오르는 뜨거운 꽃들
혈관을 돌아 나온 피들을
화냥의 입술이라 부르는 오늘

한 손으로 뺨을 어루만지고
다른 한 손으로 이마를 지우면

저녁은 피를 쏟으며 사라져간다

국경에서 헤어지는 연인처럼

얼굴이 수면 위에 걸칠 때
무너지며 세계의 경계를 흩어놓는 태양처럼

금족령

수부들이 난파된 배에서 아편을 건져 온다. 해구(海丘)에 잠겨 우리는 무화과를 입에 문 죄인들. 안으로만 싹트고 안으로만 글썽이는.

해안선까지 갈 수 없으리. 잉걸불 속 타다 남은 가시나무들. 검은 바닥으로 가라앉은 발자국들. 친위대는 울며 떠났네. 파도의 더러워진 리넨 천으로 눈을 가리고. 지도를 적시며 저 너머로. 저 너머로.

수평선 너머에서 들려오는 긴 타종 소리…… 어두워지는 성벽을 떠올리면 가시덤불처럼 피어오르는 먼 등대의 불빛. 차오르는 물속에서 보초들이 횃불을 높이 올릴 때.

오래 머금었던 열매를 쪼개 씨앗들을 곱씹으면 물의 외곽. 물의 복종. 물의 망루. 다시는 저 환한 물가로 가지 못하리. 모두의 발이 희미해지고 놓쳐버린 발자국들만 해안선 가득 일렁이는 왕국에서.

손차양 아래

만들어낸 그늘 밑 잠기는 볕
말려드는 이마와 말들이 겹치는
잠시의 잎사귀 속

그런 색은 불안해
캄캄한 피들을 이어 붙여 손 안쪽에 넣어두다니

낯설어진 옆모습을 바라보며
눈가에 드리워진 얼룩이 얼굴로 달라붙는데

부러 지어먹은 마음이 절벽을 만들 때
여름을 끌고 오는 손짓들이 미리 당겨 무덤을 쓰나

빛으로 뭉쳐 터질 것 같은 얼굴로
반만 남은 입술을 바라본다

너의 화환이자 나의 죽은 꽃을

미기록의 날들

잠에서 깬 밤하늘에 플랑크톤의 흰 무리가 날았다
휘도는 편모(鞭毛)들, 방랑하는 자는 연질의 몸을 자
책한다

멀리까지 도래하였구나 숲, 밀물이 들면 우거지는
부채산호의 군락 위로 드리워진 떠살이생물이 잊힌
필체를 부르는데

구겨지는 물, 거품으로 짜인 직물이 겹겹으로 침잠
할 때
    달이 오고 있다 환상근(筋)의 비밀스러운 뒤틀림
으로

빈칸으로 투과되며 은폐술을 익히던 날들 부끄러
운 단어들을 힘주어 발음하던 밤이 있었다 그럴 때
마다 수면이 팽팽해지고 더러워지고 얇아져갔다 여
러 번 지우다 찢긴 종이처럼

말을 더듬고 수줍어진 꿈을 꾼 것 같다 점점 창백
해지는 혀를 안으로 안으로 말아 넣으며

상명(喪明)

납향일이 오면 눈 녹인 물로 밑을 씻고 이마가 영
영 사라지기를 원했지

속눈썹을 태워 향을 바치면 입속에서 메마른 기포
들이 솟아오르고 그건 처음 겪는 달 같았지 벽에 바
늘을 꽂아 실을 꿰어주던 날 죽은 이의 손에 내일의
기약이 엮인다고 믿었다

검은 천을 사이에 두고 마주 보던 네 개의 눈동자
가 있었다
한없이 깊어지는 목구멍 속

사라지는 눈빛 속에 얼굴을 묻으면 흰 새들이 짙
어지는 숲으로 달아나고 사랑하는 이의 앞섶이 환하
게 얼룩지네 꿈속까지 따라오는 저 눈먼 박수의 시
선을 보아라

머리카락의 매듭을 모두 풀어 젖도록 둔다 두려

운 강이 흐르고 저 너머에서 길게 이명이 퍼져 나올 때까지 심장에 내려앉은 서리가 짙고 검게 흘러내릴 때까지

자취

잿가루가 춤추는 야적의 시절
발자국은 지붕을 가지지 못하여
긴 유랑은 언제나 절벽을 향한다

매자나무의 녹병 무늬를 더듬으며 간다
갈라진 이마에 붉은 속이 비치고
나는 한 움큼씩 가벼워지는구나
먼지로 가득 차 야윈 자루처럼

덤불을 헤치며 불기 남은 땅에 닿는다
분별없이 온기를 부려두고 떠났네
예전에 만난 적 있는 낯선 사람들

세밀하고 감촉할 수 없는 낌새가 되어
수많던 우리는 어디에 몸을 감췄나

나는 지워지며 점점 증식한다
속눈썹이 모두 사라질까 두렵다

어느새 나는 두 손을 한없이 숨기고 있구나
약제사가 종이에 분약을 싸듯이
으스러지고 불려가지 않으려

날개의 맛

이건 평등한 두 혀끝에 대한 이야기
입술 위로 얹히는 흰 겹꽃들에 대한

어제는 비, 오늘은 눈. 희미해지는 잠 속으로 솟구치는 회백의 눈송이들. 너는 너의 어둠을 모른 채 나아간다. 내 것이 아닌 품속으로. 얼음이 녹는 것은 접어두었던 날개를 조금씩 풀어놓는 일이지. 기다린 듯 펼쳐지는 어깨. 피어나는 어깨. 두 손이 사라질 것 같아. 널 가질 수 있다고 말하는 사람 때문에. 눈가를 물들이다 저무는 색들 때문에.

사라져가는 결정들을 마지막까지 바라본다. 속눈썹이 모조리 흩어질 것 같아. 그림자를 떼어놓기 위해 멀리까지 날아오르고 싶었는데. 나는 눈송이를 모른 채 눈송이를 기다린다. 혀끝에서 사라지는 날개의 맛. 얼었다 녹은 것들은 외롭지. 내리던 비가 눈이 되고 다시 비가 흰 것들을 그르치는 이 세계에서.

날아오르는 액체 속에서 흰 종들이 부딪는 소리가 들려. 너는 내 비밀을 적어둔 눈송이를 데려다 어디에 버려두었니. 어제는 비가 내렸고 오늘은 눈이 내리는데. 얼어가는 세계와 녹아가는 세계 중 어느 쪽이 더 슬플까.

목련이 자신의 극(極)을 모르듯이

너를 안으니 상한 꽃 냄새가 난다 입 맞추는 동안 검은 잇몸들이 줄지어 늘어서면 내 오래된 침대 위에 고인 흉한 냄새들이여 사람의 반대편에서 괴사한 공중이 얼룩져 내리고

죽은 성기들을 밟고 흰 계절이 온다 순간들 사이에 거처를 마련하고 사라지는 방을 내어주니 손가락을 버리고 빈 곳을 움켜잡고서야 만개(滿開)를 짐작한다 너의 입술이 열려 이 밤 가득 갓 태어난 흰 것들로 낭자해질 때

버려진 꽃잎들 창백한 혀로 꿈틀대다 자신의 색을 잊어간다 나무들이 자신이 가진 초록을 모르듯이 갓 태어난 시체 위로 내려앉는 눈송이가 자신의 온도를 모르듯이

손톱이 파고든 자리마다 무르게 갈변하는 초승달들, 희게 진물 토해내는 상한 눈빛, 괴사한 달무리들 쏟아져 들어와 도사리는 저 검고 깊은 아가리 속

펄럭이는 홍백기 아래

뼈 없는 아이를 낳고 생초목에 불을 붙이니 흰 빨래들 피로 얼룩진다 양홍(洋紅), 심홍(深紅), 산 너머 이웃의 살 타는 냄새

숯을 밟은 검은 발로 방 안에 들어서면 짓던 수의가 돌연 잦아들고 매듭이 풀려나갔다 오래된 실타래를 손목에 감고 멀리로 건너가는가, 갓 난 자여 갓 돌아간 자여

다투어 잎을 버리는 괴화나무 가지마다 흐물한 열매들 매달린다 저 속 없는 것, 골 빠진 것, 돌팔매에 떨어져 몸엣것을 죄다 쏟아내는

음(陰)한 동네였다 태를 끊었던 무딘 칼을 베고 잠든 밤 달무리에서 내내 붉은 고름이 흘러내렸다 끝없이 이어지는 태몽처럼

넝쿨 꿈을 꾸던 여름

떨어진 능소화를 주워 눈에 비비니
원하던 빛 속이다

여름 꿈을 꾸고 물속을 더듬으면
너르게 펼쳐지는 빛의 내부

잠은 꿈의 넝쿨로 뒤덮여 형체를 잊은
오래된 성곽 같지

여름을 뒤집어 꿰맨 꽃
주홍을 내어주고 안팎을 바꾸면
땅속에 허리를 담근 채 다른 자세를 꿈꾸는
물의 잠시(暫時)

꽃은 물이 색을 빌려 꾸는 꿈
옛 꽃들에 둘러싸인 검은 돌벽 위로
생소한 돌기를 내뿜으며
무수히 가지를 뻗는 여름의 넝쿨

눈 없는 잎사귀들처럼
뜨거운 잠의 벽을 기어오르면

눈동자 위로 쏟아져 내리는
빛의 손가락들

입술을 뒤집고 숨을 참으니
원하던 꿈속, 물꿈 속

떠나는 나무

물 깊을 홍이라 했다. 이름에 물을 지닌 자의 부드러운 쓸쓸함이 다가온다. 종이들이 풀어지고 나무의 몰두가 흩어진다. 가라앉는 수면. 떠도는 가지들을 본다. 혀 밑으로 구겨진 물들이 흐른다. 이름이 풀려가는 넓이다.

손 닿자 수면이 물든다고 썼다. 얼룩진 셔츠의 문양을 따라 믿을 수 없는 이야기를 지어내던 여름의 물가. 두 손 가득 수면을 떠올려 건네면 몸속에서 울창해지는 숨, 같아지고 싶은 동그라미들. 몸이 기우는 속도를 따라 모래시계처럼 구르고 이르는. 너는 묻고 바라본다. *잘못해도 괜찮아? 도망가도 괜찮아?*

물은 자라서 생각의 끝자리에 맺힌다. 귓속말이 흐르기 위해 습기와 대기를 참조한다는 게 믿어져? 나무가 우리에게 비밀을 건네기 위해 껍질의 무늬와 심장의 파문을 만들었다는 사실이? 물음표처럼 휘어지며 둥글어지는 비밀을 뭉쳐 건네면 목젖과 혀가 만나는 곳에서 궁금한 물들이 태어난다. 극심한 깊이다.

지면을 더럽히는 다정들에 대해. 수면이 복기하는 키스들에 대해. 오래전 띄워 보낸 종이가 오늘의 물가로 선명하게 떠오를 때, 계속해서 차오르는 이름이 있다는 게 믿어져? 나는 출렁이는 귀에 대고 속삭인다. 이름에 나무를 심어둔 사람이 모르는 수심을 향해 나아간다고.

해중림(海中林)

서서히 물을 들이마시고
포도송이들이 부푸는 모습을 지켜본다
수반 위에 문드러진
진물 많은 과일의 마음으로

숲
이야기하는 물방울
사이로 이루어진

그곳에서 우리는 비늘을 튕기는 물고기
나무로 오르는 물고기
끈적이고 일렁이는 그늘을 거느리며

지느러미를 부비면
솟아나는 돌기들
두근거리는 혀

물의 완벽한 포옹 속에서

뒷면이 발달한 식물처럼
흩어지려는 얼굴을 숨긴다

손가락 끝에서 돋아나는, 다시 손

3부

별과 병

왜 어떤 밤은 숯처럼 묻어나고 어떤 시간은 깨어져 빛나는 유리 조각이 되나 얼음으로 가득 찬 입을 열어 창백해진 이름을 부를 때

입속에서 외계의 돌이 씹힌다 밤의 검은 가루를 몸에 새겨 불길한 문신을 엮고 지난 꿈들을 위해 신전을 차려야 하는가 혀 밑으로 깨진 별을 숨기면 몸속의 돌들이 일제히 달을 향해 빛났다

낯모르는 이의 손톱을 태워 연기를 마시면 다른 몸을 얻은 것 같다 뼛속으로 빛들이 스며들어 살이 깊숙이 녹아내리는데 왜 어떤 몸은 부딪혀 불꽃이 일고 어떤 몸은 꿈속에 얼룩으로 머무르는가

불가촉

다른 이의 과육에 손을 넣어 깊숙이 휘저었지. 검은 것으로 물드는 두 팔. 감염된 빛이 비추어 손의 과오를 들켰네.

맡겨진 자들이 있었지. 낯선 가지를 두 손에 쥐고 내쳐진 이들. 목초와 수풀 더미에 허물 많은 머리칼을 잘라 묻어두던.

나 그이들의 좁고 끈적한 거처가 되어 소리를 앞세워 걷는다. 발가락이 수없이 자라나 뭉개진 걸음을 얻으면 아침마다 입안이 빠진 이빨로 수북해졌네. 불경스레 치대이는 살의 독(毒)이 있었지. 벗은 등에 얇고 아름다운 무늬를 새기며 걷는 사람이.

흰 풀 무더기로 몸을 가리면 자욱이 가루들이 솟아나 눈의 수면을 덮었지. 가장 연한 거죽을 지녀 스치는 포옹에도 짓무르고 쉽게 흘러내릴 때, 발자국을 씻으며 찾아가야 할 곳이 있었네.

사라지라, 묽은 체액이 담긴 항아리를 높이 들고. 무슨 더러운 꽃잎이 피었다 지는 모양새로. 돌고 돌아오라, 그림자를 오염시키는 기이한 짜임새가 되어. 밤의 우물을 휘저어 손가락 마디마다 그 진창으로 휘감겨 헤엄치라.

꽃뿔

흰 바닥을 누르며
낮은 나무가 되어
문득 자라난 고드름이 되어

잠이 설었던가 미간을 스치던 얕은 발자국

갓 뽑은 직물인 양 솔기를 어르면
놀라 돌출하던 뿌리의 기억

남겨둔 살이 가엾다 다시 바람 거세어
녹다가 굳은 고백은 순한 칼날을 내어놓고

드물지 않은가 잔손길에 살갗을 떨던
점액질의 문을 열어 몸을 누일 때

짓고 짓는다, 같은 모양의 회오리를 얻어
작년 쓰던 아마천 위에서
방금 돋은 자웅(雌雄)을 부비는 꿈을

순간의 손

기다릴 땐 매초가 칼이 되었다

시간이 자꾸만 태어나는 것을 바라보며
아아, 목소리를 만들어
손안에서 오래 만지작거렸다

수십 개의 칼날을 소중하게 모아 쥔 채
손가락이 하나 더 돋아나는 기분으로

습기의 나날

손끝마다 안개를 심어둔 저녁에는 익사한 사람의
발을 만지는 심정으로 창을 열었다

젖은 솜으로 기운 외투를 덮고 잠드는 나날이었다

몸 안의 물기를 모두 공중으로 흩뿌리고서야 닿을
수 있는 탁한 피의 거처가 있다 내 속을 헤엄치던 이
는 순간의 바다로 흘러갔다 젖어들고 나서야 문장의
끝이 만져지는 기이한 세계

굳어버린 혀에 안개가 서리면 입속은 수레국화를
머금은 듯 자욱해진다 어깨를 털어내는 새의 깃털
속에서 계절은 문득 오랜 미신이 되었다

폭우 뒤편

뒤척이던 저편이 잠시 멎었다. 화관을 벗으며 어린 신은 끌고 왔던 길고 헐거운 겉옷을 내려다본다. 간헐적인 밤이다.

몸속으로 낮은 장막을 드리우는 초목의 맹목. 부서진 유리 조각처럼 흩어진 꽃들이 신의 맨발을 기다린다.

일어날 것만 같은 모든 것들이 있다.* 먼 가지 위엔 종일 창을 두드리다 돌아간 사람. 마찰열에서 태어난 행성들이 서로에게 등을 돌릴 때.

그곳에 곧 결정되려는 것들이 있었어. 나무들의 내장이 휩쓸린 자리마다 쇠락한 그늘이 내리고. 물로 이루어진 잎사귀들. 오늘은 이 축축한 우주의 발설(發說)을 내내 겪어내야만 한다.

＊ 제오르제 바코비아의 「소음」에서.

밤은 판화처럼

목련이 지기 전에 도달해야 하는 왕국이 있어, 젖은 발을 끌며 강가로 이어지는 돌길을 걸었다 무수히 퍼지는 실금들을 따라 하루의 반대 방향으로 모든 것이 흘렀다

끝없이 이어지는 능선들에 대한 내 서신은 그대의 유한함을 일깨웠을까? 밤새 수북이 쌓인 뼛가루들을 하늘에 온통 뿌려놓은 이가 있어, 가라앉은 재와 유골이 피어오르며 두렵고 복잡한 무늬를 이루는지?

여러 장의 돌을 겹쳐 확실한 명암을 얻을 때, 파인 발을 어루만지며 음각으로 엮은 풍경을 바라본다 검은 가지 위에 걸린 창백한 목련의 얼굴, 뼈를 다듬어 새긴 무늬들, 옛것을 당겨 품에 안던 하룻밤의 지붕──희고 검은 가루들이 난무하던

빛나는 곳에서 눈을 돌리면
언제나 수놓이는 얼룩들의 세계

혹여 흘러가고 없는 빛이 이제야 그대 벗은 등을 비추는지? 그림자를 수의처럼 걸치고 검게 물든 목련을 만지면 날카로운 손톱 끝에 환한 조각도가 떠올랐지 서로의 음영을 가만히 겹쳐보던 밤의 그 지붕 위로

풀비스*

병의 무늬로 우리는 서로를 구별한다

여분의 감정들
　여분의 음악들

　조금씩
조금씩

선명해지기 위하여

흔들리며

　　　　　　흔들리며

쏟아지는 손가락들

오늘 너를 펼쳐 볕 아래 내어두었으니

안녕

　　　　　　　안녕,

무수히 가루지는 몸들아

* 풀비스pulvis: 라틴어로 '먼지'와 '무대'를 동시에 일컫는다.

눈송이의 감각

배관공과 함께한 겨울은 따듯했다.

밤이면 벽 너머로 눈들이 자라나고
얼어붙은 나뭇가지를 벽난로에 던져 넣으며
나무들이 추운 발가락을 길게 내뻗는 소리를 듣
는다.

오래된 쇠붙이를 창밖으로 흩어 내버리면
차갑게 물드는 영혼의 팔다리들.

버려질 때 가장 아름다운 옛 장신구들처럼
희미해지는
겨울의 배관들.

너는 내 손목에 귀를 대고
먼 땅에 파묻힌 수관을 불러온다.

나는 굳어가는 물방울처럼 이목구비를 잊고

핏줄을 떠올리는 동안 손발이 서서히 꺾여나가고

얼어붙지 않기 위해
지속적인 눈물이 필요했다.

폭설이 닿는 자리에 회백색의 나무들이 빚어진다.
부러진 손가락을 하나하나 벽난로 속으로 밀어 넣
으며
우리는 젖은 나무들을 껴안고 타올랐다.

당신 아내를 봤어요

실패한 연애가 겨울에 도착하면 더러워진 말들을
몸 너머로 던지며 담장이 더럽혀지는 모습을 봅니다
당신의 아내를 봤어요, 나는 가득 묻어납니다 작은
혹은 죽은 아이가 되어

추락하는 자의 관점에서—익숙해진 감각들이 피
와 뼈를 어둡게 채색합니까? 여러 개의 입술에 번갈
아 몸을 담그고 밤을 휘두를 때, 몰래 녹아내리다 황
급히 얼어붙은 질문들이 있습니다 그럴 때 눈보라는
서로를 헤집으며 부대끼는 꽃의 무리들 속입니다 노
닐고 떠오르고 노닐고 차오르는

날짜들이 웅덩이를 향해 쏟아질 때 얼룩진 눈 뭉
치 속에 갇혀 중얼거립니다 내쳐진 펫처럼 녹지 않
는 눈사람처럼

사라지지 않아 천해지는 것들이 있습니다 표정을
지우려 얼굴을 더듬으면 진창으로 흘러내리는 눈과

코, 이제는 두려운 말들로 둘러싸인 입속을 빼앗긴

방이라고, 절벽이라고 불러도 되겠습니까

목요일의 오달리크

총희*여, 비단으로 연마한 보석이 수만 겹으로 굴절한다. 장미사과의 과즙을 입술에 바르고 말을 잊는 오달리크.

아몬드를 씹던 성스러운 요일이었나. 일찍이 척(隻)을 겪어 여러 주기를 상실하였으나, 불연속의 날들에도 하나의 분명한 날실은 있어 밤은 부드러운 잇몸의 사육동물이 된다.

발꿈치로 물의 결정을 짓누를 때, 무늬는 스며드는 감정이 된다. 빈자리와 상한 자리가 겹치고 보석 속 이물질을 기후라고 부르는 날, 다급해진 목요일이 돌연 한 점으로 모여든다.

붉게 젖은 귓바퀴를 어림하는 총희. 친숙하고 나지막한 늑골의 질서. 바늘과 솜털처럼 침대와 살갗의 관계. 목덜미의 슬픔에 도달한 요일에.

* 술탄의 시중을 드는 여자 노예. 매주 금요일은 술탄이 반드시 왕비의 처소로 들어야 하는 날이다.

불성실성의 별*

　더러운 손수건을 흔들며 꽃들이 떠나고 효수대 위로 썩은 여름이 걸렸소. 잔혹한 초록, 봄을 가장 멀리로 내던지는 이파리들이여. 불우한 세계의 틈을 비집고 또다시 끈끈한 밤이 돋아나는군.

　내 기도하는 암캐여, 나는 시든 월계관을 쓰고 추락하는 별들을 바라보고 있다오. 눈시울 밑으로 젖은 숲을 드리우며. 병을 본성으로 삼아 분별과 과거를 잊을 때, 어둠은 비로소 자신의 몫을 얻는다오.

　수염이 맹렬히 자라나는 시간, 철창 밖의 상현(上弦)이 새로 생긴 나의 귀여운 뼈를 닮았군. 활강하는 손가락, 섬세하게 세운 붓끝으로 부재를 그리는 세밀화가처럼 나는 언제나 두려운 장소에 도착한다오.

　느낌, 흐느낌, 이런 어둠 속이지만 나에게는 무리지어 떠오르는 태양들이 있다오. 손안에서 곧 변하고 무성해지는 별들이…… 입술이 매일 새로 짓는 무덤이라면 뼈는 우리들의 마지막 수의가 아니겠소.
그러니 눈 감는 자에게는 밤이 없다오.

　방금 돋은 별들이 이 밤을 내팽개치는군. 곧 불타
는 베일이 드리워져 당신 이마를 썩게 할 거요. 목
소리는 사라져도 호흡은 남아 신의 들숨으로 돌아갈
테지. 부풀었다 곧 꺼지는 한낮의 커튼처럼.

　* 사드의 『쥘리에트』에서. "불성실성의 별이여, 다른 것은 모두
　저물어가는데 당신이 솟아오르는군, 내 속에 있는 모든 걸 질식시
　킨단 말이야. 죄와 악평에 대한 갈망만 빼고."

반려식물이 눈 뜨는 저녁

몸의 구멍마다 잎이 돋아나 숨이 헝클어졌다

기형의 잎사귀를 드리운 채 만월을 기다리니

물관 속을 흐르던 액체들 일제히 부풀어 올라

눈동자가 많아지고 무수한 입술들이 열렸다

저녁의 숙주가 되어 불길한 그림자를 풀어놓을 때

손발이 틀어진 자리에서 뿌리가 흘러나오는가

밤에 태어난 자는 제 몫의 어둠이 많다는 말

서쪽을 보며 피어나고 땅을 보며 숨을 거두니

독 있는 자 마음껏 아름다우라

흰 피를 조용히 흘리며 몰일(沒日)을 기다리던 밤
이었다

수반

여름 과일이 흘려둔 빛인가 밤새 뼛속 환하더니

끈적이고 뜨거운 것이 입술 밖으로 왈칵 새어 나와

젖은 뿌리에 여러 번 입 맞추고

그 반절을 머금어 훔쳐온 탓인가

종일 아린 풋내 꽃 비린내 입가에 진동하더니

혀 밑으로 얼크러진 녹이끼 가득 머금었으니

아마도 우리는 참으로 오래된 식물,

수없이 희석되어 흐려진 겹겹의 체액들을 머금으며

뿌리까지 젖고 나서야 몇 줌의 녹(綠)을 얻는

달이 피워낸 맑은 체액인가 파동이 경계에 이르고

세밀한 무늬들이 젖은 몸에서 스며 나오는데,

무성해지는 발가락들

뻗어도 자라나는 물의 넝쿨

사이로 입술이 간신히 떠내려온다

무슨 작고 묘한 열매를 얻은 양

생손

찢어진 풀 냄새가 났다

너는 손끝을 쓸어내린다
마치 전생을 끌어 올리듯이

나는 다른 살을 향해 건너간다
복잡하고 아름다운 퍼즐의
잃어버린 마지막 조각처럼

손톱을 깎은 자리마다
귀가 잘린 야초들이 들어섰다

날뛰는 온도를 견디며
휘황해지는
숨

아픔은 어떻게 권위를 가지게 되는 걸까

서로를 오려내며
뿜어져 나오는 향을 맡으며

너는 자신이 더럽다고 말했다
나는 생각한다 진정 더러운 자는
자신의 백지에 이런 문장을 적어두지

최선을 다해 아름다우려 했다

날것을 죽이는 손안의 바람
아픈 방향마다 새로운 신이 태어나고

우리가 사람일까 사람이라면
이런 게 가능할까

낯설어진 손을 만지며 너는 물었고

붉고 무른 보석을 받고

녹지 않는 눈송이를 얻었다 말했지
매일 조금씩 자라나는 수포의 집

호흡을 멈추고 공기의 경계를 지우면
겹쳐진 혀 사이에서 깍지 낀 손가락 속에서
낯선 혈액이 배어 나왔다

고개를 숙이고 혀를 감추었다
입술 사이로 끈적한 즙이 흐를 때까지

흘러나오는 수액을 빚어
숨은 씨앗을 이루니

입에 넣고 아무리 굴려도 줄어들지 않던
작고 미지근한 열매가
한없이 부풀어 오르기 시작했다

4부

창문 뒤의 밤

눈을 감으면 물들이 깨어졌다. 창문을 닫고 흐르는 바깥을 바라보면 병든 마음으로부터 끝없이 풀려나오는 바람의 커튼. 모르는 색으로 멍울지는 세계의 안쪽.

젖은 밤들이 눈가에 길게 눕는다. 몸에도 필요치의 어둠이 있어 우리는 깜빡이는 눈꺼풀로 얼룩들을 필사하는가. 커튼을 내리면 창 사이로 헤아릴 수 없는 글자들이 번져들고.

밤마다 자신 안으로 잠수하려 불을 끄고 이불을 덮는 자여. 일정량의 암흑을 노역하는 이들이여. 빛나기 위해 깨어지는 것들이 낭자한 밤. 감은 눈을 손으로 누르면 밤의 만화경이 천천히 돌아간다.

펄럭이던 여름의 창들은 어디로 갔을까. 어둠이 회전하는 몸속으로 잠겨들며, 눈을 감고 더 캄캄한 쪽으로 품을 모은다. 호흡과 호흡 사이, 심장이 물드는 방향으로.

아목

우린 아직 살아 있어. 두 눈이 총구라면 안쪽으로 덮어둔 그믐달들. 눈을 뜨면 흉하게 깊어지는 두 구멍에서 빛의 탄환들이 쏟아지지.

그걸 녹아내린 뼈들이라고 불러도 좋은가.

아목, 우리는 서둘러 내달려. 정수리가 환해지는 기분으로. 마음 없이도 온도를 얻기 위해. 눈동자 없이도 모여드는 시선을 갖기 위해. 피를 버리고 심장의 안쪽으로 들어가기 위해. 꿈의 현관 앞에서 상처 입어 쓰러지는 미아와 백치들이 되어.

그럴 때 우린 기름 뜬 웅덩이의 수면을 구르는 물방울들처럼 아름다워. 그걸 잠시의 보석이라고 불러도 좋을까. 아목, 깊이 타오른 나뭇가지들이 투명하게 빛나는 순간을 봐. 들끓는 나무들. 착란의 힘으로 품에 안기는 총성들.

나는 죽어가고 있어. 아목, 두 눈을 깜빡이며 방아
쇠를 당겨도 총알은 안으로만 발사되고. 몸 바깥에
서 마음을 당길 때 내 미친 나무들의 머리채가 불타
오르며 나부끼는 걸 봐.

스프링클러

멍든 자리를 들여다보면 몸의 내부로부터 캄캄한 조명이 비치는 것 같다. 달아나는 죄수를 겨누듯 부딪힌 자리마다 뒤늦게 어두워지고

정원이 깊어진다.

나무가 정원 한구석에 서 있다. 뾰족한 구두를 신고 진흙에 발을 빠뜨리며.

식물이 흙의 신발을 벗는다면 제일 먼저 이 물의 폭력으로부터 도망치겠지. 비를 만드는 우산 속 동그랗게 모여드는 그늘 깊은 우울을.

각주가 많은 몸은 슬프지.
죽으면 생전의 멍들이 피부 위로 떠오른다는 이야기처럼.

물줄기가 회오리친다. 무릎이 흙에 젖는다. 반짝

이는 이파리를 늘어뜨린 나뭇가지들.

뿌리마다 작은 하이힐을 신은 잔디들이 수군거린다. 검게 물들며 나무는 낮아진다. 턱밑까지 흙에 잠기며. 귀걸이와 목걸이와 팔찌를 풀어 내버린다. 구두가 벗겨지고 푸르게 지워지는 맨발.

나무가 빠져든 자리를 멍의 뿌리라고 불러도 될까. 정원이 온통 푸른 멍으로 뒤덮일 때까지 스프링클러는 돌아가고.

라라라, 버찌

버찌를 따러 갈 거예요 붉푸르게 얼룩진 것들만을 골라 주머니 가득 담을래요 버찌, 서로를 베껴 쓰는 빨강 빨강들 환한 밤 내내 버찌를 가득 물고 곤란한 키스를 나눌까요

꽃도 잎도 벗어던진 버찌는 오늘, 그저 한 알의 유희

아직 그의 버찌는 익어 터지지도 못했는데 진물 흐르도록 섞이지도 못했는데 뭉쳐진 초록만 베어 물고 계절이 다 지나가요 우리, 너무 일찍 수확되었죠 그의 입속에 내가 가진 물감을 한가득 풀어놓고 싶은, 얼룩지는, 버찌의 시간인데요

두 겹의 물결 아래

잎사귀를 베고 잠이 들었다 그물지는 꿈들, 일렁이며 수만의 입술을 여는 물숲 속에서

녹아 없어지는 부레를 가진 기분으로 뒤집히는 그림자를 바라본다 길게 혀를 내밀어 어두운 물의 안쪽을 더듬으면 그득해지는 귓바퀴, 수면을 향해 방울지며 피어오르는 거품, 거품들

호흡을 내려놓고 무중력의 꿈을 부르면 잠 속에서 간격이 사라진다 기울어진 눈시울 밑으로 물방울들의 무리가 태어났다 젖어들기도 전에 깊숙해지는 사월의 수심

피를 마련하고 꽃을 갖추어 먼 곳의 여력을 얻어올게 수장된 자의 벌어진 입속에서 거대한 소용돌이가 태어나는 오늘

화어(火魚)가 담긴 어항

내 주저하는 입술을 보았니 살 밑으로 맑은 비늘
이 맺히도록

수십 가닥 광채로 엮은 단 하나의 매듭을

발 없는 것들은 어디에서 태어나나, 부푸는

손가락 사이마다 펼쳐지는 반투명의 막이 있었
는데

그을린 물, 기어이 타오르는 그 붉은 가슴팍에

곁눈을 내어준 채 아래의 일을 말했지

노래할까, 바지 섶을 풀고 금침을 늘어뜨린 채

다른 이의 수액을 풀어둔 어항 속에서

그 누가 온전히 너의 것이었나 침범당한 물속을 헤엄치는

휘어진 등뼈를 가진 너의 자세와

쏟아지며 밀려드는 흐린 비늘들

썩는 것도 열정이지, 무엇도 약속하지 않으며

물의 먼 어깨를 향해 도망치는

너, 매일 다시 타오르는 몸

잠의 검은 페이지를 건너는

울며 잠든 아이야.
눈꼬리 옆으로 길게 잠이 찢긴다.

너는 불길하게 젖어드는 페이지 속
접힌 귀퉁이처럼 웅크리며 자라났지.

누군가를 저주하다 잠든 아이야.
네 찡그린 미간 사이에 꿈은
반복되는 밤의 얼룩을 수놓는다.

눈꼬리에서 길게 흘러내린 끈을 타고
너는 꿈의 겹쳐진 낱장 속으로 들어간다.
두터운 밤의 장막을 헤집는 손들.
검은 덩어리들이 입과 귀로 흘러든다.

어둠이 잘려 나가고
온몸이 허공으로 들어 올려지던 순간.
날카로운 빛과 숨이 네 몸으로 파고들던 순간.

잠 속에 신발을 한 짝 빠뜨리고
울며 도망치는 아이야.
너는 절룩이며 떠올린다.
신발 속에 아직도 들어 있을
따듯한 발목을.

그것을 영혼이라 부를지
꿈의 육체라 불러야 할지.

꿈속에서 죽은 아이야.
슬픔의 방울들이 너를 두 개의 문 앞으로 데려간다.
한쪽은 계속해서 닫히는 문.
다른 쪽은 끊임없이 낱장이 찢어지는 문.

펨돔

방의 구석마다 물고기들이 자라나 날카로운 빛을
일구었어. 바늘 자국으로 가득한 몸들. 도망쳤다 되
돌아온 것들이 다시 머리채를 내밀어 상처를 갈구하
네. 저 노동하는 성기들. 나의 그물 속에서 혼절하
는 몸들. 파문을 향해 헤엄치는 젖은 비늘들을 봐.
걸어 잠근 문을 두드리는 부러진 손가락들을 봐. 다
른 이의 주인이 되기 위해 떨리는 눈동자를 다정히
짓이길 때, 내 빛나는 물고기들이 묶인 발로 절규하
지. 그건 두려움을 선물하는 일. 핏줄을 열어 솟구침
을 확인하고서야 맹세를 다짐하는 내 아름다운 천민
들이여. 방바닥 가득 퍼덕이는 이 비문들을 봐. 나는
반쯤 죽은 어제들을 종일 찢고 부수네. 두려움을 이
끄는 더 큰 두려움으로.

움트는 뼈

손끝이 간지러워 흙으로 덮인 천장을 파헤치면 뚫린 구멍으로 추운 빛이 새어 들어왔다

무덤 속에 파묻혔던 발목이 녹은 눈 위로 드러났다 검게 무른 발가락을 어루만지면 고여드는 반액체의 살점들, 얼었다 녹은 것들의 기이한 냄새

늑골 사이로 줄줄 흐르던 불투명의 봄
그 많은 소문을 이루고도 흔적 없이 사라진 저 입술들 손톱을 길러도 되는 건 죽은 사람뿐이니* 썩어 무너졌던 성기 끝에도 새순이 돋아 첫 잎을 내미는데

가장 싱싱한 몸은 썩은 육체를 딛고 일어서니 흐린 손을 잡으라
그 속에서 처음 보는 뼈들이 솟구치도록

* 헤르타 뮐러의 『저지대』에서.

111

초록의 쓰임새

식물은 아름답구나 뜨거운 물속에서
휘저어지고 색을 풀어놓으며

한순간 짙어지며 풀려나오는
잎사귀의 숨죽임

누구인가 끓는 물에 식물을 풀어
그 색을 처음 받아 마셨던 이

누가 수관을 혈맥에 잇대어
피를 이해하려 했는가

식은 식물을 마시며
초록을 헤매게 하는 자와
피의 위성들을 생각한다

끓어오르는 공기 속에서

지워지는 씨앗

포도를 물고 웅크려 누운 밤. 꿈 밖으로 검은 액체들 흘러넘쳐 물렁한 살을 벗고 땅속으로 깊이 가라앉는다. 씹지 않고 삼켰던 씨앗들이 뼛속 가득 뿌리내려 혈관이 잔뿌리로 뒤덮이는데. 뿌리는 길고 가늘게 엮여드는 식물의 퀼트. 나무를 이해하고 뼈를 껴안으면 겉이 사라지고 몸이 여러 방향으로 녹아든다. 말랑한 것을 사랑해. 사이에서 맥없이 뭉개지는 것들을. 너의 뼈를 사랑할 수 있을까. 다친 무릎 사이로 하얗게 비어져 나온 수피. 씨앗은 나무의 후생이 아니라 잃어버렸던 애초의 조각이라고. 포도씨가 뿌리 속으로 서서히 흘러들 때, 마지막 남은 퍼즐을 맞추며 나무는 완성된다. 죽은 울타리에서 초록이 배어 나오듯 끊임없이 번져가는 얼굴들이 있음을 알아. 새로이 우거지는 숲이 있음을 알아. 포도나무 넝쿨을 내뻗으며 우리는 키스하지. 서로의 몸속에서 작고 단단한 씨앗 하나를 찾아 오래오래 녹여 먹으려.

근린

곧 만나
어둑한 공원 냄새가 났다

서성이다 희미해지는 마음
너무 가까워 닿지 못하는
공원의 발자국들

다정한 이웃들은 일요일 속에 있고
희박해지는 인사들은
어긋난 체온을 지니는데

우리는 무엇을 가졌나 무엇에 녹아내렸나
그건 왼쪽을 찢고 나온 말

곧 만나 곧 만나

나무가 색색의 손인사들을 맞추어
낯익은 단어를 완성하는 공원에서

약속을 생각하면 입술이 녹아내린다
평생 모아둔 라일락을 탕진한 늦봄처럼

알비노

수포 속을 자맥질해 내려갈 때
물 밑에서 지문이 녹아내린다

탈색된 호흡이 있었다
입속에서 뛰는 심장처럼

여분의 낮이 검은 쪽으로 흘러들 때
새하얀 그늘을 껴안았다
유리의 몸을

환하게 차오르는 몸속
물고기들의 얇은 날개

점차 투명해지는 안부를 지닌 자여
잠들기 전 단 한 번 헤엄치듯 빛나라

야윈 달이 오래 기른 손톱처럼
몸 안쪽을 향할 때까지

서쪽 물가의 사람

꼬리에 붉은 물을 들이며 갔네 밤에만 걸음을 얻
는 것들이 있어 드문드문 맺힌 암적마다 일몰이 돌
아와 길게 몸을 누이네 그런 숨의 정박지, 공들여 빚
은 흉한 것들이 줄지어 흘러내리는 강가

모래알을 모아 베개를 짓고 물풀의 줄기를 엮어
얇은 피륙을 짜 덮으면 시맥(翅脈)이 선연한 곤충의
꿈을 꾸었다 안으로만 자라나는 가지들, 간절하여
끝내 사라지는 서녘의 발자국들

체액이 뿌려진 곳마다 구덩이를 파고 흐린 손가락
을 묻는다면 그건 저 너머의 일인가 헤매던 포자들을
양손에 움켜쥐고 수겹의 옷자락을 이끌며 갔네 왜 돌
아가는가, 동그랗고 충분히 따듯한 것들이 있었는데

수자(水子)는 제 살을 모르네 잠시 지었다가 풀어
버린 직물처럼, 흔적으로 이루어진 사람이 있었지
출렁이는 몸 안팎의 숨을 버리며 새어 나오는 맑은
살결들 저, 물이라는 깊은 상처

물 발자국

나무가 걸어간 자리마다 일궈지는 잎사귀들처럼

물속에 발을 묻고 순해진 이름들을 되뇌면
너르게 펼쳐지는 혓바닥

시들어가는 손을 잡을 때
무성히 자라나는 낯선 가지들이 있었지

젖은 손끝까지 차오르는 여백의 입자들처럼
물이 식물을 일으켜 다른 높이로 가게 하듯
몸 바깥으로 나아가는 조용한 보폭들이 있었지

빈 종이에 구멍을 뚫어 빛을 부르면
입체가 되어가는
마음

얼음에서 흐린 것들이 빠져나올 때
쏟아지려는 몸을 겨우 감싸 어디까지 갈 수 있나

말라죽기 직전의 식물이 놓아주는 물방울은
어디에 마지막으로 머무르나

수많은 시곗바늘들이 몸속을 서성일 때
숨은 태어나는 악기
곧 사라지는 악기

종이 위 증발하기 직전의 잉크가 품은 수면처럼
출렁이는 직물을 입고 멀리로 솟구치는
무른 몸들이 있었지

마중도 배웅도 아닌 인사로
바라볼수록 멀어져가는 투명한 걸음들이 있었지

상징과 유비의 연금술

오 형 엽
(문학평론가)

사랑의 시적 형식과 기법

이혜미의 시는 사랑의 좌절로 인한 슬픔과 고통, 대상과의 교감과 결합의 추구, 미래적 사랑의 기약 등으로 점철되어 있다. 여기서 사랑의 대상은 반드시 이성(異性)으로서의 연인만이 아니라 타인이나 세계를 포함하는 타자의 영역을 지칭한다고 볼 수 있다. 이혜미 시에서 중요한 점은 주제보다 그것을 형상화하는 시적 형식과 기법에 있다. 이혜미의 시적 사랑의 상상력은 주체의 존재 형식과 사건의 형식을 시간과 공간의 형식 속에 섬세하고도 복잡다기한 기법으로 형상화함으로써 인간, 자연, 세계, 우주 등으로 확장되는 거대한 상징체계를 형성한다.

이혜미의 이번 시집은 시적 형식, 기법, 주제 등의 측면에서 다양하고 복합적인 구성 요소들이 미묘하게 변화하면서 서로 스미고 얽혀 있다. 혼재된 시적 양상들을 나름대로 재구성해보면, 이번 시집에서 이혜미가 보여주는 시적 형식은 크게 보아 '사랑의 드라마' 혹은 '사랑의 교향곡'이라고 간주할 수 있다. 존재, 사건, 배경 등을 갖춘 서사적 특성을 보여주면서 전편(全篇)을 사랑의 좌절로 인한 고통, 사랑의 대상을 향한 연모, 만남을 위한 난관의 극복 등으로 이루어진 일종의 연작시로 구성한다는 점에서 사랑의 드라마이고, 서사적 구성 요소로서 존재의 형식, 사건의 형식, 배경의 형식 등이 각각 세부적인 모티프들을 가지면서 영역 간의 상호 교직과 중첩을 통해 화음을 형성한다는 점에서 사랑의 교향곡이다. 이혜미의 시적 형식으로서 존재의 형식은 주체의 양식인 '인간' '물고기' '나무' 등이 '얼굴' '눈' '입' '혀' '손' '무릎' '발' '성기' 등의 신체적 부분을 대상으로 특수화되어 나타나고, 사건의 형식은 기본 토대를 이루는 '물'을 비롯하여 '뼈' '빛(불)' '피(꽃)' '소리' 등으로 대표되는 물질적 이미지를 모티프로 형성하면서 사랑의 상처와 고통을 극복하고 타자와 교감하고 합일하려는 부단한 시도로 나타난다. 그리고 배경의 형식은 시간적 배경으로서 '여름'을 위시한 계절(기후)로 나타나고, 공간적 배경은 주체의 존재를 중심으로 '안'과 '밖'의 위상학적 차원으로 나타난다. 한편

이번 시집에서 이혜미가 보여주는 시적 기법은 전체적으로 '원형적 상징'과 '유비(類比)'를 중심으로 이루어진다. 존재의 형식, 사건의 형식, 시간과 공간의 형식 등이 가지는 세부적 구성 요소들이 각각 원초적 이미지, 모티프, 테마 등을 가진다는 점에서 원형적 상징이고, 각 영역 간의 유사성에 근거하여 상호 교직과 중첩을 통해 존재나 사물 들이 가지는 총체적인 속성을 공유한다는 점에서 유비라고 볼 수 있다. 이 두 가지 시적 기법은 이혜미 시가 인간의 사랑을 존재론적 사유로 심화시키는 동시에 자연, 세계, 우주 등의 원리 탐구로 확장시키는 데 중요한 역할을 담당한다.

이를 토대로 이혜미의 이번 시집을 살펴보자. 특히 사건의 형식으로서 '물' '뼈' '빛(불)' '피(꽃)' '소리' 등의 모티프를 중심으로 사랑의 상처와 고통을 극복하고 타자와 교감하고 합일하려는 시도를 총 4악장으로 전개되는 '사랑의 교향곡'으로 재구성하면서 살펴보기로 하자.

제1악장: 물의 과잉, 존재의 내향성, 안쪽의 얼룩

교향곡 제1악장은 시집 전체의 기본 토대인 '물'의 모티프를 중심으로 전개되는 '존재의 내향성'의 장으로 설정할 수 있다. 이때 시간적 배경의 형식은 주로 '여름'이

고, 공간적 위상학의 형식은 '존재의 안쪽'이며, 사건의
형식은 원형적 상징으로서 '물'의 과잉으로 인한 사랑의
상처와 얼룩이다.

    숲
    이야기하는 물방울
    사이로 이루어진

    그곳에서 우리는 비늘을 튕기는 물고기
    나무로 오르는 물고기
    끈적이고 일렁이는 그늘을 거느리며

    지느러미를 부비면
    솟아나는 돌기들
    두근거리는 혀

    물의 완벽한 포옹 속에서
    뒷면이 발달한 식물처럼
    흩어지려는 얼굴을 숨긴다

    손가락 끝에서 돋아나는, 다시 손
                                ──「해중림(海中林)」부분

이 시는 이혜미 시의 기본적 의미 구조를 함축적으로 보여주는 작품이다. 「해중림」은 '바닷속의 숲'이라는 뜻으로 시 전체를 지배하는 표면 장력을 형성한다. 시적 화자는 자신과 사랑의 대상을 "우리"라고 지칭하면서 주체를 "물고기"의 존재 형식으로 치환하고, "비늘" "지느러미" "혀" 등의 신체 기관을 통해 주체의 행위와 양태를 표현한다. '인간'을 '물고기'로 유비하는 존재의 형식은 다시 "나무로 오르는 물고기"에서 '나무'와의 유비로 전개된다. 따라서 화자는 "물"과 "숲"의 상호 침투와 조응을 "완벽한 포용"으로 표현하지만, "뒷면이 발달한 식물처럼/흩어지려는 얼굴을 숨긴다". 여기서 "뒷면" "흩어지려는" "숨긴다" 등의 단어들은 "그늘"과 함께 "물고기"에서 "식물"로 치환된 시적 자아의 고독과 슬픔이라는 은밀한 비밀을 엿보게 한다. 그리고 "손가락 끝에서" "다시 손"이 "돋아나는" 결구의 장면은 시적 자아의 사랑이 빚어내는 어떤 비극적 운명을 암시하는 듯하다. 결국 이 시는 물의 모티프를 중심으로 인간, 나무, 물고기 사이의 유비를 통해 주체적 존재가 시도하는 사랑의 경과를 제시한다. 다음 시는 물의 모티프가 지니는 사랑의 비극적 운명을 명시적으로 보여준다.

멍든 자리를 들여다보면 몸의 내부로부터 캄캄한 조명이 비치는 것 같다. 달아나는 죄수를 겨누듯 부딪힌 자리마다

뒤늦게 어두워지고

정원이 깊어진다.

나무가 정원 한구석에 서 있다. 뾰족한 구두를 신고 진흙
에 발을 빠뜨리며.

식물이 흙의 신발을 벗는다면 제일 먼저 이 물의 폭력으
로부터 도망치겠지. 비를 만드는 우산 속 동그랗게 모여드
는 그늘 깊은 우울을.

각주가 많은 몸은 슬프지.
죽으면 생전의 멍들이 피부 위로 떠오른다는 이야기처럼.

물줄기가 회오리친다. 무릎이 흙에 젖는다. 반짝이는 이
파리를 늘어뜨린 나뭇가지들.

—「스프링클러」부분

이 시의 주체적 존재 형식은 '인간'과 '나무'의 유비로
형상화된다. 1연은 주체로서 인간의 몸에 생기는 "멍"이
내적인 원인에서 기인함을 드러낸다. "멍"이 상징하는 상
처와 아픔은 "몸의 내부"에서 "캄캄한 조명이 비치는 것"
처럼 존재의 안쪽에서 발생하며, "달아나는 죄수"가 암시

하듯 '죄의식'을 동반한다. 2연 이후에서 이 존재 형식은
유비를 통해 '나무'로 이동한다. "정원 한구석에 서 있"는
"나무"가 "진흙에 발을 빠뜨리"는 이유가 무엇일까? "스
프링클러"가 "물줄기"를 뿌리며 "회오리"치기 때문일 것
이다. 이로 인해 "무릎이 흙에 젖"고 "나뭇가지들"은 "반
짝이는 이파리를 늘어뜨린"다. 그런데 이 '물'의 모티프
는 "비를 만드는 우산 속 동그랗게 모여드는 그늘 깊은
우울"에서 나타나듯, 우수와 슬픔의 아우라를 형성하는
원천이 되는 듯하다. 이 시가 형상화하는 '인간'과 '나무'
의 유비에 의해 4연의 "그늘 깊은 우울"은 1연의 "멍"과
긴밀히 결부된다. "물의 폭력"에서 뚜렷이 나타나듯, "나
무"에게 우수와 슬픔을 제공하는 "물"은 외부에서 존재
에게로 밀려오는 거역할 수 없는 비극적 운명 같은 것이
라고 볼 수 있다. 그렇다면 이 시는 1연의 "멍"이 상징하
는 상처와 아픔의 내부적 원인인 죄의식의 근저에 외부
적 원천으로서 "물의 폭력"이 자리 잡고 있음을 보여주는
셈이다. 물의 모티프가 지니는 사랑의 비극적 운명은 다
음 시에서 좀더 구체적으로 형상화된다.

　　묽고 흰 진액을 흘리며 화단에 발목을 묻었지 무수히 씨
앗들 흩뿌려지고 덜 여문 봉오리들 제 속에 갇혀 곪아갔다
흐르는 뿌리, 썩어가는 숙근을 열어 잠의 액체를 꺼내면 날
카로운 털들이 안을 향해 파고들어왔다

헛것이었나 그 모든 것들 뒤척여 다른 몸을 부르던, 독한
술에 끝내 쓰러지며 뒤섞인 뜨거운 이들, 서로를 마주 보며

부끄러워
무너지던 얼굴
삭과가 되어 떨어지는
눈동자들

꽃 필 것이 두려워 흥건한 진액을 삼킬 때 사람의 눈은
열매 맺지 못한 채 썩어가는가 입을 벌리면 드러난 혀가 겹
꽃으로 얼룩졌다 부끄러워 부끄러워 취한 꽃대들 일렁이며
내장을 토해내는 기형의 계절 발목을 열어 뜨거운 씨앗을
심어두던 작은 화단 속이었다

—「앵속의 여름」 전문

이 시의 주체적 존재 형식은 '인간'과 '앵속(양귀비)'의
유비로 형상화된다. 1연은 "화단"에 "묻"은 "발목"이라는
신체 기관을 통해 '인간'과 "앵속"의 유비가 성립되는데,
"묽고 흰 진액을 흘리"는 앵속의 모습은 "덜 여문 봉오리
들"이 "곪아"가고 "숙근"이 "썩어가는" 모습으로 연결된
다. 이 장면은 채 익지 않은 앵속의 열매에 상처를 내고
흐르는 유액을 모아 아편을 만드는 상황과 연관되는 듯

하다. 이러한 양상은 공통적으로 "잠의 액체"가 암시하는 '물기'의 과잉에서 기인하지만, 더 근본적인 원인은 "제 속에 갇혀" "안을 향해" 등의 표현이 보여주듯, 밀폐된 자아의 내향성에 있다. 2연의 "다른 몸을 부르던" "뒤섞인 뜨거운 이들" "서로를 마주 보며" 등의 표현이 암시하는 타자와의 신체적 교감이나 결합은 "헛것이었나"가 드러내듯 현실성을 갖지 못한 채 환각에 그치고, 존재는 자신의 내면에 머물고 만다. 따라서 3연에서 "얼굴"과 "눈동자들"은 "부끄러워/무너지"고 "삭과가 되어 떨어지"며, 4연에서 "사람의 눈"은 "꽃 필 것이 두려워" "열매 맺지 못한 채 썩어"간다. "눈동자들"과 "눈"이 은연중에 '시선' 을 암시한다면, 이 이미지들은 '빛'의 모티프의 결핍과 연관된다고 볼 수 있다. 따라서 "부끄러"움이 증폭되는 이 비극적 상황은 '물'의 과잉과 '빛'의 결여로 요약될 수 있는, "기형의 계절"이라 불리는 "여름"의 사랑 풍경이다.

　이번 시집에서 물의 모티프는 "물이 식물을 일으켜 다른 높이로 가게 하듯/몸 바깥으로 나아가는 조용한 보폭들이 있었지"(「물 발자국」)에서처럼, 존재의 상승과 외적 지향성을 이끌기도 하지만, "많은 비가 쏟아져/곳곳에서 얼굴들이 깨어졌다" "붉음이 묽음이 되어가는 순간 묽음이 물음이 되어가는 순간 모든 것이 하나의 묵음으로 희박해지는 시간"(「잠든 물」)에서 드러나듯, 대부분의 경우 '물'의 과잉과 '존재의 내향성' 때문에 사랑을 상실하거나 회석화시키는 비극적 상황을 낳는 듯이 보인다. 그리하여 "출렁이는 몸 안팎의 숨을 버리며 새어 나오는 묽은 살결들 저, 물이라는 깊은 상처"(「서쪽 물가의 사람」), "너를 안고 상한 꽃에 입 맞춘다. 검은 잇몸들이 줄지어 늘어선다 내 오래된 침대 위에 고인 흉한 냄새들이여 사람의 반대편에서 괴사한 공중이 온통 얼룩져 내리고"(「목련이 자신의 극(極)을 모르듯이」)에서처럼, '물'이 주는 상처로 존재의 내면이 부패하면서 냄새와 얼룩을 남기게 된다. 이 '안쪽의 얼룩'을 극복하려는 시도는 교향곡의 제2악장 이후에 형상화된다.

제2악장: 뼈의 발굴, 외양의 비움, 근원에의 회귀

교향곡 제2악장은 '뼈'의 모티프를 중심으로 전개되는 '외양의 비움' 장으로 설정할 수 있다. 이때 시간적 배경의 형식은 주로 '여름의 전후'이고, 공간적 위상학의 형식은 '존재의 안쪽'이며, 사건의 형식은 원형적 상징으로서 '뼈'의 발굴을 통한 존재적 근원에의 회귀이다.

비파가 오면 손깍지를 끼고 걷자. 손가락 사이마다 배어드는 젖은 나무들. 우리가 가진 노랑을 다해 뒤섞인 가지들이 될 때, 맞붙은 손은 세계의 찢어진 안쪽이 된다. 열매를 깨뜨려 다른 살을 적시면 하나의 나무가 시작된다고. 그건 서로 손금을 겹쳐본 사람들이 같은 꿈속을 여행하는 이유.

길게 뻗은 팔이 서서히 기울면 우리는 겉껍질을 부비며 공기 속으로 퍼지는 여름을 맡지. 나무 사이마다 환하게 떠오르는 진동들. 출렁이는 액과를 열어 무수히 흰 종들이 부딪히는 소리를 들어봐. 잎사귀들이 새로 돋은 앞니로 허공을 깨무는 동안.

그러면 우리는 방금 돋아난 현악기가 되어 온통 곁을 비워간다. 갈라진 손가락이 비로소 세계를 만지듯이 나무가 가지 사이를 비워내는 결심. 서로가 가진 뼈를 다해 하나의 겹쳐진 씨앗을 이룰 때, 빛나는 노랑 속으로 우리가 맡겨둔 계절이 도착하는 소리.

　　　　　　　　　　　　　—「비파나무가 켜지는 여름」 전문

이 시의 주체적 존재 형식은 '인간'과 '나무'의 유비로 형상화된다. 시적 화자는 자신과 사랑의 대상을 "우리"라고 지칭하면서 상호 교감과 결합의 염원을 "비파나무"의 모습과 연관시켜 표현한다. "비파가 오면 손깍지를 끼고 걷자"로 시작하는 1연에서 주목할 부분은 "손"과 "젖은"이라는 단어이다. "손"은 "우리"의 신체 기관인 동시에 "비파나무"의 신체 기관이다. 따라서 이혜미 시에서 유비의 원리는 '인간'과 '나무'가 지니는 신체적 부분 대상의 유사성에 기반하는 교직과 중첩이다. 1연의 "손깍지"-"맞붙은 손"-"손금을 겹쳐본 사람들"에서 연속되는 "손"의 교감은, 2연에서 "팔"-"겉껍질을 부비며"로 연결되지만, 3연에서 "갈라진 손가락"-"가지 사이를 비워내는 결심"으로 귀결된다. "젖은"은 인간과 나무가 사랑 대상과의 교감과 결합을 시도할 때 근저에 깔린 기본 양상이 물의 모티프와 연관됨을 암시한다. "젖은"은 1연의 "다른 살을 적시면", 2연의 "출렁이는 액과" 등에서 사랑을 통한 타자와의 교감으로 표현되지만, 3연에서 "비워간다" "비워내는" 등으로 전이되면서 새로운 국면으로 접어든다. 3연은 "우리"가 "현악기가 되어" "온통 곁을 비워"가고 "나무"가 "가지 사이를 비워내는" 모습을 제시한다. 이 모습은 1연과 2연을 지배하던 물의 모티프가 증발하면서 "뼈"와 "씨앗"의 이미지로 전이되는 양상과 연관되는 듯하다. "뼈"와 "씨앗"의 이미지는 무엇을 의미할까? "서로가 가진 뼈를 다해 하나의 겹쳐진 씨앗을 이룰 때"라는 문장을 음미해보자. 물의 과잉과 존재의 내향성을 극복하려는 시도로서 '뼈'의 모티프가 물을 비롯한 존재의 외양을 들어내고 내부로 회귀하여 발굴하려는 존재의 근원을 상징한다면, '씨앗'의 모티프는 이 존재의 근원이 잠재성을 가지고 상호 주체적으로 응축되어 있는 상태를 상징한다고 볼 수 있을 것이다. 결국 이 시에서

'뼈'와 '씨앗'은 '물'과 대비와 조화의 이중적 관계를 형성하면서 "우리가 맡겨둔 계절"인 "여름"을 맞이하고 있는 셈이다.

이 시에서 또 하나 주목할 부분은 청각적 이미지의 의미이다. 2연의 "떠오르는 진동들"과 "흰 종들이 부딪히는 소리"는 3연의 "현악기가 되어 온통 곁을 비워"가고 "나무가 가지 사이를 비워내는" 행위로 연결된다. "곁"과 "사이"를 "비워"냄으로써 생성되는 '악기의 소리'는 이혜미 시에서 물의 과잉이 빚어내는 안쪽의 얼룩을 극복하는 중요한 방식으로 작용하는 듯하다. 그리고 이 시에서 그것은 물의 모티프가 '뼈'의 모티프와 대립하면서도 조화와 균형을 이루는 양상과도 긴밀히 결부되는 듯이 보인다. 결국 이 시는 '물'의 모티프가 존재의 내향성에 머물며 형성하는 비극적 상황을 극복하는 하나의 방식으로서, '뼈'의 모티프와 조화와 균형을 이루면서 존재의 상호 교감을 통해 "우리"를 형성하고 '악기의 소리'를 생성시키는 양상을 보여준다. 이 '소리'에 대해서는 제4악장에서 좀더 구체적으로 살펴보기로 하자.

포도를 물고 웅크려 누운 밤. 꿈 밖으로 검은 액체들 흘러넘쳐 물렁한 살을 벗고 땅속으로 깊이 가라앉았다. 씹지 않고 삼켰던 씨앗들이 뼛속 가득 뿌리 내려 혈관이 잔뿌리로 뒤덮이는데. 뿌리는 길고 가늘게 엮여드는 식물의 퀼트.

나무를 이해하고 뼈를 껴안으면 겉이 사라지고 몸이 여러 방향으로 녹아든다. 말랑한 것을 사랑해. 사이에서 맥없이 뭉개지는 것들을. 너의 뼈를 사랑할 수 있을까. 다친 무릎 사이로 하얗게 비어져 나온 수피. 씨앗은 나무의 후생이 아니라 잃어버렸던 애초의 조각이라고. 포도씨가 뿌리 속으로 서서히 흘러들 때, 마지막 남은 퍼즐을 맞추며 나무는 완성된다. 죽은 울타리에서 초록이 배어 나오듯 끊임없이 번져가는 얼굴들이 있음을 알아. 새로이 우거지는 숲이 있음을 알아. 포도나무 넝쿨을 내뻗으며 우리는 키스하지. 서로의 몸속에서 작고 단단한 씨앗 하나를 찾아 오래오래 녹여 먹으려.

—「지워지는 씨앗」전문

이 시는 뼈와 씨앗의 모티프를 근간으로 형상화된다. "포도"에서 출발한 시적 상상은 "검은 액체들"–"물렁한 살"–"말랑한 것"–"뭉개지는 것들" 등을 통해 물의 모티프와 연결되지만, "씨앗"–"뼛속"–"뿌리"–"뼈"–"포도씨" 등으로 전개되면서 '뼈'와 '씨앗'의 모티프를 전경화한다. "뼈를 껴안으면 겉이 사라지고 몸이 여러 방향으로 녹아든다" "씨앗은 나무의 후생이 아니라 잃어버렸던 애초의 조각" 등의 표현은 '뼈'와 '씨앗'의 모티프가 상징하는 존재의 근원을 상기시킨다. "포도씨가 뿌리 속으로" "흘러들 때" "나무"가 "완성"되는 것은 존재의 근원이 최미(最尾)의 실존과 한 몸으로 만날 때 개체의 완전성에 도달한다는 의미로 이해될 수 있다. 한편 시의 후반부에서 "서로의 몸속에서 작고 난난한 씨앗 하나를 찾아 오래 오래 녹여 먹"기 위해 "우리"가 "키스하"는 장면은 의미심장하다. 이혜미 시에서 뼈와 씨앗의 모티프가 상징하는 존재의 근원은 시적 종착지가 아니라 사랑 대상과의 교감과 결합을 지향하는 과정에 놓인 경유지라는 사실을 알려주기 때문이다.

목련이 지기 전에 도달해야 하는 왕국이 있어, 젖은 발을 끌며 강가로 이어지는 돌길을 걸었다 무수히 흘러내리는 실금들을 따라 하루의 반대 방향으로 모든 것이 흘렀다

끝없이 이어지는 능선들에 대한 내 서신은 그대의 유한함을 일깨웠을까? 밤새 수북이 쌓인 뼛가루들을 하늘에 온통 뿌려놓은 이가 있어, 가라앉은 재와 유골이 피어오르며 두렵고 복잡한 무늬를 이루는지?

여러 장의 돌을 겹쳐 확실한 명암을 얻을 때, 파인 발을 어루만지며 음각으로 엮은 풍경을 바라본다 검은 가지 위에 걸린 창백한 목련의 얼굴, 뼈를 다듬어 새긴 무늬들, 옛 것을 당겨 품에 안던 하룻밤의 지붕 — 희고 검은 가루들이 난무하던

빛나는 곳에서 눈을 돌리면
언제나 수놓이는 얼룩들의 세계

혹여 흘러가고 없는 빛이 이제야 그대 벗은 등을 비추는
지? 그림자를 수의처럼 걸치고 검게 물든 목련을 만지면 날
카로운 손톱 끝에 환한 조각도가 떠올랐지 서로의 음영을
가만히 겹쳐보던 밤의 그 지붕 위로

—「밤은 판화처럼」 전문

이 시는 '뼈'의 모티프가 존재의 근원으로 회귀하는 과
정에서 '빛'의 모티프와 조우하는 모습을 보여준다. 1연
은 '지는 목련' "젖은 발" "강가" 등의 이미지에서 교향
곡 제1악장에 해당하는 물의 과잉, 존재의 내향성, 안쪽
의 얼룩 등을 암시하지만, "도달해야 하는 왕국"을 향해
"돌길"을 걷는 모습을 통해 시적 화자가 그 상태를 극복
하면서 지향하는 목적지를 암시한다. 그것은 일차적으로
존재의 근원으로의 회귀이며, 궁극적으로는 타자와의 교
감과 결합일 것이다. "하루의 반대 방향으로 모든 것이"
흐르는 이유는 이 지향의 과정이 '뼈'가 상징하는 존재의
근원으로 회귀하는 운동을 경유하기 때문이다. 2연에서
"뼛가루"가 "재"와 "유골"의 이미지와 결부되는 까닭은
'뼈'의 발굴이 "그대의 유한함"으로 표현되는 존재의 불

완전성과 만나기 때문일 것이다. 이 일련의 이미지들은 '물기'의 증발로 야기되는 생의 마모와 무미건조함과 죽음을 상성하는 듯하다. '불'의 과잉의 반대편에 '뼈'의 삭막함이 놓여 양극단을 이루는 형국인 것이다. 여기서 "재와 유골이 피어오르며 두렵고 복잡한 무늬를 이루는" 모습은 '뼈'의 발굴이 존재의 근원에 이르는 과정에서 존재의 유한성을 노정하지만, "뼛가루들을 하늘에 온통 뿌려 놓"는 행위를 통해 그 불완전성을 딛고 일어설 수 있는 가능성을 암시한다. "뼛가루들을 하늘에" "뿌려" "두렵고 복잡한 무늬를 이루는" 행위는 "내 서신"에서 암시되듯 바로 이혜미의 시 쓰기일 것이다.

"재"와 "유골"의 이미지는 3연에서 "돌"과 "가루"의 이미지로 전개되는데, '물기'의 증발로 야기되는 생의 마모와 무미건조함과 죽음은 "뼈를 다듬어 새긴 무늬들"을 통해 다시 존재의 근원에 대한 추구를 이어간다. 이러한 '뼈'의 발굴 과정에서 화자는 4연과 5연에서 "빛"과 조우하게 된다. 이 '빛'의 모티프는 "빛나는 곳" "빛이 이제야 그대 벗은 등을 비추는지?" 등에서 나타나듯, 존재의 안쪽이 아니라 바깥쪽에서 부여되는 타자의 '응시'와 연관되는 듯이 보인다. '빛'의 모티프를 자세히 살펴보기 위해서는 교향곡 제3악장이 필요하다.

제3악장: 빛의 길항, 안팎의 뒤집음, 타자와의 교감

교향곡 제3악장은 '빛'의 모티프를 중심으로 전개되는 '안팎의 뒤집음'의 장으로 설정할 수 있다. 존재 바깥의 '응시'와 연관되는 빛의 모티프는 존재 안쪽의 얼룩을 형성하는 물의 모티프와 길항하면서 '안팎의 교차'를 형성한다. 이때 시간적 배경의 형식은 주로 '여름의 전후'이고, 공간적 위상학의 형식은 '안팎의 뒤집음'이며, 사건의 형식은 원형적 상징으로서 '물'과 '빛'의 길항을 통한 타자와의 교감이다.

눈을 뜨자 빛들이 태어났다

간밤에 그림자를 놓아두고 떠난 이가 창밖에 서렸다 얽혔던 꿈의 다발들을 풀어놓으면 회오리로 잦아드는 밤, 사람을 향해 출발했던 빛점들이 아직 먼 광년 속을 헤매는지

도달할 행성의 예감으로 눈빛은 진동한다 속눈썹을 타고 길게 날아오르는 빛의 무리들이 정처를 만날 때 풍경이 탄생한다 어둠 속에서 문득

솟구치는 마음처럼

그늘을 품었던 방을 뒤집어 환한 구(球)를 얻으면 흔적
으로만 도달할 수 있는 세계도 있었지 잠든 눈가에 몰래 진
창이 고이듯, 당겨진 눈시울에 먼 빛이 와서 일렁이듯

사라져 더욱 선명해지는 빛들도 있겠지, 물기 어린 행성
을 잘 씻어 볕 드는 창가에 놓아두면 감은 두 눈 위로 일렁
이던 사람의 윤곽

—「도착하는 빛」 전문

이 시는 '물'과 '빛'의 모티프가 서로 길항하면서 존
재의 안과 밖을 뒤집는 방식을 통해 '존재의 윤곽'을 찾
는 모습을 제시한다. 1연에서 시적 자아의 '시선'에 의해
"빛"이 탄생하는 장면은 "빛"의 원천이 존재의 안쪽에
있지만, 2연의 "사람을 향해 출발했던 빛점"에서 나타나
듯, "빛"은 외부 세계로부터 존재에게 주어지는 것이기도
하다. 따라서 "빛"은 존재의 '시선'과 외계의 '응시'가 상
호 침투하면서 생성된다. 3연의 "도달할 행성의 예감으
로 눈빛"이 "진동"하는 모습은 시선과 응시가 상호 침투
하는 양상을 잘 보여준다. 이러한 "빛"이 "정처"를 만날
때, 즉 장소나 공간과 조우할 때 "풍경"이 탄생하는 것이
다. 1~3연에서 존재의 '시선'과 외계의 '응시'가 상호 침
투하면서 생성되는 "빛"의 모티프는, 5연에 등장하는 "그
늘"-"진창"-"눈시울" 등의 물의 모티프와 길항하면서

이원성을 형성한다. "당겨진 눈시울에 먼 빛이 와서 일렁이듯"이라는 표현에서 선명히 나타나는 물과 빛의 길항은, "그늘을 품었던 방을 뒤집어 환한 구(球)를 얻"듯이 존재의 안과 밖을 뒤집는 방식을 통해 새로운 진로를 모색한다. 마지막 연은 "물기"와 "볕"의 길항 및 이원성이 하나의 지점에 결합하면서 "사람의 윤곽"을 형성하는 모습을 제시한다.

떨어진 능소화를 주워 눈에 비비니
원하던 빛 속이다

여름 꿈을 꾸고 물속을 더듬으면
너르게 펼쳐지는 빛의 내부

잠은 꿈의 넝쿨로 뒤덮여 형체를 잊은
오래된 성곽 같지

여름을 뒤집어 꿰맨 꽃
주홍을 내어주고 안팎을 바꾸면
땅속에 허리를 담근 채 다른 자세를 꿈꾸는
물의 잠시(暫時)

꽃은 물이 색을 빌려 꾸는 꿈

옛 꽃들에 둘러싸인 검은 돌벽 위로

생소한 돌기를 내뿜으며

무수히 가지를 뻗는 여름의 넝쿨

—「넝쿨 꿈을 꾸던 여름」부분

이 시는 '물'의 모티프와 '빛'의 모티프의 길항이 "잠"과 "꿈"의 이미지를 매개로 조화와 균형을 이루며 "꽃"의 이미지로 수렴되는 모습을 보여준다. 1연은 "능소화"와 "눈"과 "빛"의 이미지가 상호 조응하는데, "꽃"을 중심으로 존재의 '시선'과 외계의 '응시'가 상호 침투하는 양상이다. 2연과 3연에서는 "여름 꿈"을 통해 "물속"과 "빛의 내부"가 연결되는데, 4연에서는 "꽃"이 "여름을 뒤집어 꿰"매고 "안팎을 바꾸"어 "물"이 "잠시" "다른 자세를 꿈"꾼다. 5연의 "꽃은 물이 색을 빌려 꾸는 꿈"이라는 표현은 "잠"과 "꿈"을 매개로 "물"과 "빛"의 이원성이 잠시 조화와 균형을 이루면서 "꽃"을 형성하는 양상을 압축적으로 보여준다. 이혜미 시에서 이처럼 '온전한 사랑'의 장면을 보여주는 '여름의 꿈'은 "빛"의 발광성과 "물"의 침전성이 "잠"과 "꿈"의 무의식성을 통해 "꽃"의 색채성을 완성하는 원리와 연관된다. "꽃"의 이미지는 물의 과잉과 '안쪽의 얼룩'을 극복하려는 시도로서 '물'과 '빛'의 길항이 그 이원성을 극복하고 융합되는 양상인 것이다.

또 하나 이 언어의 연금술을 가능케 하는 것은 "안팎을 바꾸면"에 나타나는 존재의 안과 밖을 뒤집는 방식이다. "안팎이 서로를 침범하는 자리" "몸속 바다를 뒤집어 서로에게 내어주는 일"(「다이버」), "입술을 뒤집고 숨을 참으니/원하던 꿈속, 물꿈 속"(「넝쿨 꿈을 꾸던 여름」) 등에서 등장하는 '안팎의 뒤집음'은, 이혜미 시에서 물의 과잉을 극복하고 타자와의 교감과 결합을 추구하는 시도 중에서 위상학적 공간의 방법론으로서 중요하게 작용한다. '잠'과 '꿈'의 무의식성 및 '안팎의 뒤집음'을 통해 '물'과 '빛'의 이원성은 조화와 균형을 이루어 '타자와의 교감'을 성사시키는 것이다.

　잎사귀를 베고 잠이 들었다 그물지는 꿈들, 일렁이며 수만의 입술을 여는 물숲 속에서

　녹아 없어지는 부레를 가진 기분으로 뒤집히는 그림자를 바라본다 길게 혀를 내밀어 어두운 물의 안쪽을 더듬으면 그득해지는 귓바퀴, 수면을 향해 방울지며 피어오르는 거품, 거품들

　호흡을 내려놓고 무중력의 꿈을 부르면 잠 속에서 간격이 사라진다 기울어진 눈시울 밑으로 물방울들의 무리가 태어났다 젖어들기도 전에 깊숙해지는 사월의 수심

피를 마련하고 꽃을 갖추어 먼 곳의 여력을 얻어올게 수
장된 자의 벌어진 입속에서 거대한 소용돌이가 태어나는
오늘

                              ―「두 겹의 물결 아래」전문

이 시는 '물'의 모티프가 "잠"과 "꿈"을 매개로 생성시
킨 "꽃"의 이미지가 "피"의 이미지와 연관되는 모습을 보
여준다. 1연은 "물"과 "숲"이 결합된 "물숲" 속에서 "잠"
과 "꿈"이 배태되는 양상을 제시하는데, 이 이미지들은
이후 시상 전개에서 각각의 계열을 형성한다. "물"의 이
미지는 2연의 "부레"가 암시하는 '물고기'의 존재 형식을
중심으로 "물"–"수면"–"물방울들"–"수심"으로 계열
이 이어지고, "숲"의 이미지는 '나무'의 존재 형식을 중심
으로 "잎사귀"–"꽃"으로 계열이 이어지며, "잠"과 "꿈"
의 이미지는 3연의 "무중력의 꿈"–"잠 속"으로 이어진
다. 존재의 형식으로서 '인간' '나무' '물고기' 등의 주체
의 양식이 "입술" "혀" "귓바퀴" "눈시울" "입" 등의 신
체적 기관으로 특수화되어 나타나면서 유비를 형성하고,
사건의 형식은 "물"이 "잠"과 "꿈"을 매개로 "꽃"과 "피"
등의 물질적 이미지로 형상화되면서 내향성을 극복하
고 타자와 교감하려는 시도를 보여주는 것이다. 이 시에
서 특히 주목할 부분은 4연의 "피를 마련하고 꽃을 갖추
어 먼 곳의 여력을 얻어올게"라는 문장이다. 여기서 "피"

는 "꽃"의 주요 성분을 이루면서 "먼 곳의 여력을 얻"는 데 원동력을 제공한다. "몸을 뚫고 솟아오르는 뜨거운 꽃들/혈관을 돌아 나온 피들"(「피의 절반」)에서도 "꽃"과 "피"의 관계를 짐작할 수 있는데, 중요한 점은 "몸 안의 물기를 모두 공중으로 흩뿌리고서야 닿을 수 있는 탁한 피의 거처"(「습기의 나날」)에서 보듯, "피"는 "물"을 증발시켜 얻는 결과물이라는 사실이다. 이로부터 우리는 이혜미 시에서 '피'의 이미지가 희석화된 '물'을 증발시켜 얻는 생명의 결정체이며, 더 나아가 '물'과 '빛'의 길항이 조화와 균형을 이루며 생성시키는 '꽃'의 생명적 원천이 된다는 점을 확인할 수 있다.

제4악장: 소리에의 지향, 미래의 사랑, 타자와의 결합

교향곡 제4악장은 '소리'의 모티프를 중심으로 궁극적 목적지인 '미래의 사랑'을 지향하는 장으로 설정할 수 있다. '물'의 모티프와 '빛'의 모티프 사이의 이원성이 '소리'의 모티프로 수렴되면서 '타자와의 교감'을 넘어서 '결합'에 도달하는 가능성을 제시한다. 이때 시간적 배경의 형식은 주로 미래적 시간인 '봄'을 기약하는 '겨울'이고, 사건의 형식은 원형적 상징으로서 '소리'의 발생을 통한 타자와의 결합이다.

잠든 이의 코에 손을 대어본 사람은
영혼을 믿는 자다 깊은 밤,
숨은 수풀을 지나 진창에 흐르고
깊이 젖어 고단한 채 돌아온다

녹기 시작한 발자국을 따라가듯
먼저 잠든 이의 숨에 입김을 잇대어
호흡의 빛살을 엮으면

안쪽은 불타는 숲
바깥은 휘도는 눈보라

사이를
숨은 새처럼 날아간다
문득, 다른 궤도로 진입하는 행성처럼

안겨 잠든 새벽에만 들리는 소리가 있어
하나의 검불이 흰 들판으로
순하게 내려앉는 소리
젖은 귀를 어루만지는
외바퀴 소리

—「숨의 세계」 부분

이 시는 '물'의 모티프와 '빛'의 모티프의 길항이 "숨"
의 이미지와 결부되면서 "안"과 "바깥" 사이에서 '소리'
의 모티프로 수렴되는 모습을 보여준다. 1연에서 "영혼"
을 내포하는 "숨"은 "수풀"–"진창"–"젖어" 등의 단어
들을 경유하면서 "물"의 모티프를 동반한다. 2연에서 화
자는 "입김"–"호흡" 등과 결부되는 "숨"을 "빛살"과 "엮
으면"서 "빛"의 모티프와 연결시킨다. 이러한 "물"의 모
티프와 "빛"의 모티프는 3연에서 존재의 "바깥"쪽과 "안
쪽"에서 각각 "휘도는 눈보라"와 "불타는 숲"으로 전개
된다. 존재의 "안쪽"에 자리 잡은 "불"의 이미지와 "바깥"
쪽에 자리 잡은 '물'의 이미지가 길항하면서 팽팽히 맞서
는 형국이다. 이 시에서 중요한 부분은 존재의 안팎에 형
성되는 "불"과 '물' 사이에서 그 수렴과 융합의 결과물로
서 "소리"가 생성되는 장면이다. 4연에서 "안쪽"과 "바
깥"쪽 "사이"를 "새처럼 날아"가는 "숨"은 5연에서 "소
리"의 이미지로 수렴된다. "숨"이 "다른 궤도로 진입하는
행성"에 비유되고, "소리"가 "안겨 잠든 새벽에만 들리"
고 "하나의 검불이 흰 들판으로/순하게 내려앉"으며 "젖
은 귀를 어루만"진다는 점에서, "숨"과 "소리"는 '물'의
모티프와 '빛'의 모티프 사이의 길항이 하나로 수렴되면
서 타자와의 결합에 도달하는 가능성을 제시하는 듯 보
인다.

금목서 가지를 꺾어 태우고 향풀을 어루만지던 손으로
불에 물든 장작을 헤집었는가, 연기와 향내가 강 건너까지
자욱하다 누구인가 저 닿지 않는 곳에서도 나의 눈썹을 온
통 잔설로 물들이는 이는

얼어붙은 손가락으로 성냥을 켜며 크리스마스를 약속하
던 붉은 술을 생각한다 아득히 들려오던 소리들이 있었지
매시간 창을 열고 도망하는 새들을 부르던, 없는 품에 안겨
타오르는 나무들의 입김을 맡던

저 너머에 모닥불이 있었다 찾으러 떠나기엔 멀고 바라
보자니 추운

입속에 깨진 눈송이들 서걱인다 검은 뼈들을 창밖으로
던지며 나는 중얼거린다 어둠 속이었다면 몰랐을, 머무르
다 저무는 것들의 행려를 다해, 깨진 종을 안고 비틀비틀 사
라진 이, 멀리까지 소리를 듣고 걸어오느라 작은 주머니 같
은 두 귓속으로 아주 들어가버린

—「극야」 부분

이 시는 '물'과 '불'의 모티프의 길항이 "입김"과 "새"
의 이미지와 결부되면서 '소리'의 모티프를 생성시키는

146

모습을 보여준다. 주체적 존재의 형식은 '인간'과 '나무'의 유비를 근간으로 형상화된다. 인용한 1연에서 "강"과 "잔설"은 "얼어붙은" – "눈송이들"로 전개되면서 '물'의 계열을 형성하고, "금목서 가지"를 "태우"는 "불"은 "성냥" – "타오르는 나무들" – "모닥불"로 전개되면서 '불'의 계열을 형성하는데, 이 두 계열 사이에는 대립적 관계가 설정되는 듯하다. 주목할 부분은 이 길항을 깨뜨리는 "연기" "향내" "입김" 등의 기체 이미지 계열인데, 이로부터 생성되는 것이 바로 "새"의 이미지와 '소리'의 모티프이다. '소리'의 모티프는 "수많은 시곗바늘들이 몸속을 서성일 때/숨은 태어나는 악기/곧 사라지는 악기"(「물 발자국」)에서 보이듯, 존재의 "몸속" 즉 안쪽에서 발생하기도 하지만, "사람을 부르는 소리다 귓가를 원하는 마음이다 그런 적이 있었지 소리만으로 다정한 이를 부르던"(「노크하는 물방울」)에서 보이듯, 존재 바깥쪽의 타인이나 타자가 호명하는 소리이기도 하다. 따라서 소리의 모티프는 존재의 안팎을 상호 소통시키고 교감하여 결합에 이르는 중요한 계기를 마련한다.

그런데 인용한 시는 "깨진 종을 안고 비틀비틀 사라진 이", 즉 "멀리까지 소리를 들고 걸어오느라 작은 주머니 같은 두 귓속으로 아주 들어가버린" '종지기'의 '사라짐'을 형상화함으로써, 소리의 모티프가 지향하는 타자와의 결합 가능성이 좌절되는 상황을 암시하고 있다. 여기서

'종지기'는 "종" "소리"를 파생시키는 주체의 존재 양식으로서 사랑의 교감과 결합을 가능케 하는 타자의 분신이라고 볼 수 있다. 다음 시는 타자로서의 '종지기' 대신 시적 화자가 종을 치는 주체가 되어 등장한다는 점에서 주목할 만하다.

잠에서 깨어나 끝없는 계단을 내려왔다. 등불을 버리고 발꿈치를 붉게 적셔가며 나선형의 계단을 돌고 돌았는데…… 계단은 다시 시작되고 훔쳐온 금종(金鐘)이 점점 무거워졌다

지나치게 많은 빛을 선물 받는다면 곧 얼룩 속에 들겠지 돌벽에 귀를 대고 먼 새들을 부르면 나무들이 온몸의 절망을 다하여 팔을 벌린다 어째서 나는 이 부재 속에 있는가 잠든 이는 아직 소용돌이치는 탑 꼭대기에 있는데

훔쳐온 어둠을 동공에 담고 몸속으로 한없이 수족을 말아 넣으면 멀리에 심어둔 눈썹에 볕이 닿는 것 같다 올라가는 계단만이 이어지는 새로운 탑 속에 들어선 것 같다

깃털을 뽑아 쓰고 싶은 것들을 모두 적는다면 곧 날개를 잃고 낙서들 위에 쓰러져 죽겠지 소리를 얻고 빛을 내어준 종탑의 짐승이 되어 나는 거대하게 자라난 종을 울린다 손

가락이 바스러질 때까지 얼굴이 소리가 될 때까지 종에서
쏟아진 것들이 탑을 흔들고 이내 무너뜨릴 때까지
　　　　　　　　　　　　　　　　—「탑 속에서」 전문

　이 시는 시적 화자가 "빛"의 이미지를 상실하지만 "종"
과 "소리"의 이미지를 획득함으로써 '타자와의 결합'을 추
구하는 모습을 보여준다. 1연의 "등불"의 이미지는 2연의
"얼룩"의 이미지와 대립되는 '빛'의 모티프를 형성하지
만, 화자는 "등불"을 버리고 "금종"을 "훔쳐" 든 채 "계단
을 내려"온다. 3연에서 화자가 "몸속으로 한없이 수족을
말아 넣"는 모습은 존재의 안과 밖을 뒤집는 방식을 의
미하고, "멀리에 심어둔 눈썹에 볕이 닿는 것"과 "새로운
탑 속에 들어선 것"은 타자와의 교감과 결합을 위해 새로
운 모험을 감행하는 시도를 암시한다. 주목할 부분은 마
지막 연에서 화자가 "소리를 얻고 빛을 내어준 종탑의 짐
승"이 되어 "종을 울"리는 모습이다. 화자는 "빛" 대신
"소리"를 얻어서 "종탑"의 종을 울린다. 이 "종" "소리"
는 '물'의 과잉과 '안쪽의 얼룩'을 극복하려는 시도로서
'뼈'의 모티프를 중심으로 전개되는 '외양의 비움' '빛'과
'꽃'과 '피'의 모티프를 중심으로 전개되는 '타자와의 교
감' 등을 넘어서, '소리'의 모티프를 통해 '타자와의 결합'
을 향해 나아가는 주체적 행위를 상징한다. 이것은 "얼굴
이 소리가 될 때까지 종에서 쏟아진 것들이 탑을 흔들고

이내 무너뜨릴 때까지" 끊임없이 추구되는 행위로서, '미래의 사랑'을 기약하는 이혜미의 시 쓰기에 대한 각오와 결의를 의미한다고 볼 수 있을 것이다.

지금까지 이혜미의 이번 시집을 총 4악장으로 전개되는 '사랑의 교향곡'으로 재구성하여 순차적으로 살폈다. 나는 이혜미의 두번째 시집인 『뜻밖의 바닐라』를 이와 같은 시적 형식과 기법과 주제를 중심으로 읽은 것이다. 독자들이 이 시집을 펼쳐 읽기 시작한다면 틀림없이 각자 또 다른 시적 형식과 기법과 주제를 발견하게 될 것이다. 이혜미의 시 세계는 카오스의 심연처럼 복잡 미묘하고 섬세하게 변화를 거듭하면서 동시에 코스모스의 우주처럼 거대한 상징체계로 확장되기 때문이다. ▨